EL PÓPULO DE ADAM GILG

novela histórica

Alberto Mellado Moreno

Derechos de autor © 2020 Alberto Mellado Moreno

Todos los derechos reservados

Novela histórica basada en hechos reales. Escrita en la comunidad comcaac de Punta Chueca, Hermosillo, Sonora, México

Diseño de portada: Alberto Mellado Moreno, El Pópulo de Adam Gilg, dibujo.

Primera Edición
preparada especialmente para la plataforma Amazon KDP.

Ninguna parte de este libro puede ser reproducida ni almacenada en un sistema de recuperación, ni transmitida de cualquier forma o por cualquier medio, electrónico, o de fotocopia, grabación o de cualquier otro modo, sin el permiso expreso del editor.

Impreso en los Estados Unidos de América

A mis hijos Sennel y Adrián, a mi esposa Erika, a mi familia entera por su paciencia y apoyo mil gracias.

CONTENIDO

UN DÍA DIFERENTE

11 de marzo de 1688

Aquel día parecía uno más, solo uno más de los que hemos tenido desde hace tiempo, las cosas se han complicado para nosotros desde la llegada de los invasores y los padres, a veces parece que nunca volverá a ser igual que antes, a veces parece que no ha sucedido nada, pero lo que ese día estaba por ocurrir iba a cambiar el futuro de todos nosotros, iba a convertir nuestro tiempo en un montón de cosas complicadas, un montón de cosas diferentes, muchos peligros, dolor, mucha muerte de mi gente. Aun cuando solamente parecía un día más, después de este día nunca nada volvería a ser de nuevo lo mismo.

Temprano esa mañana había empezado a

salir el sol, y su calor ya golpeaba con fuerza sobre la piel de mi cuerpo. Sentía seca y tiesa, la pintura de la guerra que casi todos los hombres llevábamos sobre la cara bajo los ojos en las mejillas, las mismas que todos llevamos desde la gran batalla de hace veintiséis años, el tiempo que los padres llamaban año de 1662.

Veintiséis tiempos nuestros, completos se han ido desde entonces. Pero la pintura seca sobre el rostro nos recuerda a cada momento lo que estamos viviendo, estos tiempos en que arcos y flechas no se han dejado de hacer, ni tener.

Yo salí de mi campamento esta mañana antes que el sol, había caminado mucho, ya quería llegar a donde los venados se juntan para tomar agua, antes de subirse de nuevo a los cerros antes de que la luz del sol lo iluminara todo. Estaba cerca, no me faltaba mucho, desde ahí aún tenía que caminar un poco más, pero ahora con más cuidado, entre más cerca estaba, sentía el aire en la nariz donde la piedra azul en la perforación que tengo, dejaba pasar el olor a orina de venado desde que pasé por un lado de los árboles que los españoles llaman Sauces allá atrás a unos cincuenta pasos, fui lentamente sacando una flecha y el arco lo tenía preparado en mi mano izquierda, como a mí me gusta, junto al arco, la flecha en la misma mano, los sujeté firmemente, al tiempo que con la otra mano me ajustaba la pulsera de piel de venado que uso para el golpe de la cuerda del arco.

Mientras avanzaba traté de no hacer ruido, los huaraches que mi esposa me hizo con la piel del mismo animal que estoy buscando cazar me ayudan mucho para andar en el monte, nada es lo mismo con ellos puestos, desde que mi esposa me los hizo hace poco. Ella me hizo a mí y también para todos los demás en la familia en el campamento con la piel de los últimos dos venados que he podido conseguir, hace unas dos lunas nuevas.

Los venados siempre vienen al agua, siempre vuelven. a veces en grupos de dos a veces llegan seis, ocho, una vez hasta un grupo de doce de ellos, en estas lunas es más difícil cazar, las hembras traen por dentro de su cuerpo a los nuevos venados, traen bebes, sus pansas están grandes y crecerán por las próximas seis o siete lunas, yo no las mato así, a menos que sea mucha, demasiada el hambre de mi familia y que no encuentre ningún macho en el monte, pero siempre he tenido suerte, y algunas veces hay muchos machos para cazar.

Siempre cazando en ese tiempo, cuando ando solo en el monte que recuerdo lo que los viejos de mi tribu que estuvieron prisioneros conmigo y mi madre, en el pueblo que los españoles llaman Cucurpe, rio arriba, cuando yo aún era un niño, que nos contaban a los más jóvenes y pequeños que es al final del tiempo del frio más fuerte, que los venados andan juntos para tener crías.

El más viejo siempre en este tiempo nos

contaba la historia de ese venado macho de los tiempos más antiguos, que hizo una noche más larga que todas las demás, para poder encontrar una pareja y hacer crías antes de que salga el sol. Ese macho hizo de esa la noche en que la oscuridad dura más tiempo, la noche más larga de cada ciclo y aún sucede, es más o menos en este tiempo. Creo que todos de los cazadores de mi tribu lo recordamos siempre en este tiempo, y a los niños siempre les gusta escuchar la historia y encontrar esa noche especial cada tiempo.

Los animales para cazar se han alejado un poco últimamente, desde la llegada de esos hombres, los de fuera, los *Cocsar* como les dicen otros indios, y que ahora nosotros también les llamamos así, esa gente que no pertenece a esta tierra, los españoles y los padres.

Seguí avanzando con cuidado, el aire estaba lleno ese olor que a los cazadores nos encanta, que nos llena de energía, que activa en nosotros eso, que no tiene nombre que no existe pero que los cazadores sabemos que tenemos por dentro que nos convierte en ese ser que puede encontrar a la presa y con la flecha tomar su vida. El aire estaba lleno de olor a venado, su orina su piel, sus desechos, todo está en el aire, son muchos, eso es bueno. De repente me detuve porque delante de mi casi en el arroyo estaban muchos de ellos, uno dejó de beber agua al sentir algo, eran cinco venados, cuatro hembras y una cría, ninguno que yo pueda matar, me escondí entre las ramas tirado, con el pecho en el suelo a esperar, cuando ellos se vayan puede venir algún macho solitario, ellos siempre andan solos. A veces llegan después, a veces llegan otro día, y hay veces que llegan juntos, pero esta vez no ha sido así, pero posiblemente llegará en poco tiempo.

Tirado sobre el suelo recuperaba fuerza de la larga caminata, tenía sed, cuando me acomodé escondido en el suelo con mucho cuidado y sin hacer ruido, tome del agua que traía en la bolsa seca de estómago de caguama que me hizo mi madre en la isla, aun la conservo, la tengo desde hace mucho, aunque ella la infló y la puso a secar con mucha sal recogida más allá de las playas enfrente de la pequeña isla de *Soosni*, aun huele y un poco a caguama seca, el olor parece que no existe pero cuando te la pones en la boca para tomar agua un poco del olor se mete en la nariz, solo un poco.

En silencio y escondido a la sombre a la sombra de las ramas del árbol, parecía que mi respiración se había vuelto la del árbol, en una espera que parecía eterna, pero que había aprendido de mis maestros, mis tíos que ya no están, que se han ido al *Coaaxyat*, a ese lugar sin color que a veces vemos en los sueños, cuando los muertos vienen a visitarnos mientras estamos dormidos, ese lugar donde van los muertos igualitos que como se fueron de este mundo, donde tienen paz, comida y no sufren más, donde un día iremos todos al morir si nos cantan las canciones que nos guían, y si nuestros padrinos de muerte *Hamac Cacaatol* hacen su parte del ritual.

Mis tíos, hermanos de mi mama me enseñaron a cazar con arco y flecha desde muy joven, usando la técnica que llamamos *Hax Cacoxaj*, ellos podían esperar desde que salía el sol hasta que se metiera si era necesario, a veces no cazábamos nada pero aun así había que esperar. Cuando era más joven mi cabeza se llenaba de locura en el silencio y la espera, solo quería disparar la flecha y matar algo, pero eso es solo lo último y lo más fácil de toda la cacería. Cazar es todo desde hacer el arco y hacer las flechas hasta ver a tu familia disfrutando de la carne en sus bocas. Todo lo que está en el medio de esos dos tiempos es la cacería y esperar es la parte más importante.

Este día fue bueno, no tuve que esperar mucho tiempo, las hembras y la cría se fueron rápido, no se dieron cuenta que yo estaba ahí, solo una de ellas dejó de beber agua por un momento levantó la cabeza y movió las orejas, pero rápidamente volvió a beber, ninguno de los venados volteó hacia mí. Después de ellos llego un macho grande con más de cinco puntas en cada cuerno, pesado, con cuernos en la base de la cabeza tan gruesos como la mitad del mi brazo, ese animal se veía más alerta, se notaba más nervioso, bebió agua pero levantaba la cabeza a cada rato y volteaba a sus lados.

Desde donde yo estaba no era una buena posición para tirar la flecha, el animal me quedaba de espaldas, pero ya no podía moverme, de nuevo tranquilice mi respiración, por un momento se estaba acelerando, no quería que me oliera o se alejara corriendo rápidamente. Con la presa delante de mí tenía que seguir esperando. después de beber mucha agua, el venado se veía más relajado, volteó un poco a su lado derecho, y yo ahí recostado sobre mí mismo, en el suelo, cubierto por un pequeño arbusto incline el arco hacia el lado derecho, sin que saliera del árbol, tome la parte de atrás de la flecha con mi mano derecha y la puse en posición para lanzarla, jale la flecha lentamente hacia mi propia mirada, al frente tenia hojas, ramas, y un pequeño espacio por donde la figura del venado se veía casi completa, el animal estaba a medio tiro de mi arco, estiré la cuerda, la palma de mi otra mano detenía el arco, dirigí la punta de piedra a las costillas del animal, y cuando todo estaba listo solté los tres dedos de mi mano derecha que detenían la flecha. Un ligero zumbido hizo al animal voltear hacia mí y agacharse un poco, pero ya tenía la flecha en su cuerpo, se enterró hasta la mitad, dio un pequeño brinco intentando correr, tome otra flecha rápidamente de la bolsa en mi espalda, y le dispare de nuevo a un lado de la primera, el animal intentó arrastrarse, pero no pudo más, sus patas ya no pudieron soportar su propio peso, cayó al suelo sobre sí mismo, se escuchó el aire salir de su cuerpo, sacó la lengua y empezó a morir. De dos brincos muy rápidos se alejó de mi unos veinte pasos que camine sin prisa, la calma se apoderó de nuevo de mí.

Esperando que la muerte le llegue al animal mientras camino hacia él, le agradecí por su vida, que ahora daría vida y comida mi familia, mi esposa y mi hijo. Corté unas varas de *Xoop* la planta más sagrada de mi gente, su intenso olor llenó todo el aire alrededor mío y camine hacia el despacio con las ramas en mis manos. Siempre después de cazar un animal, recuerdo las historias de los mejores cazadores que escuchado, aquellos que han podido encontrar grupos de venados de hasta treintaicinco a cuarentaicinco animales, un día será mi tiempo.

Tomé el cuerpo del venado entre mis brazos y lo subí a mis hombros. Hice una cama de ramas y varas de *Xoop* sobre el suelo, y con un atado de ramas la misma planta le pegaba en el cuerpo mientras lo destazaba, como me enseñaron mis tíos. Abrí la piel y la carne con el cuchillo de pedernal filoso que siempre traigo conmigo, separé los cuartos de la carne, envolví los huesos, las costillas, la columna, el hígado y la cabeza en la misma piel, hice pequeños cortes hasta que dejé expuesto el tendón de la pata, para colgarlo del *Pen*, el palo de madera de *cap* que usamos para cargar sobre nuestros hombros.

Lo tuve que destazar en el monte porque era muy pesado y grande para llevarlo entero al campamento. Para llevármelo use el palo de madera que mi gente usa para cargar cosas pesadas, poniendo la carga en los extremos y llevándolo sobre nuestros hombros, equilibrando el peso, para poder cargar cosas sin usar las manos, Pen lo llamamos en nuestra lengua, todas las familias tenemos uno, a veces se nos quiebran por que llegan a volverse madera vieja y seca, además por el uso y desgaste, o por el peso al paso de los años que les hace fracturas. Cuantos he visto tirados en los montes por todas partes, algunos tan antiguos que es inevitable imaginar la vida del cazador que lo dejó hay incontables tiempos antes de mí, tantos que la madera apenas y parece lo que un día fue.

Antes de seguir mi camino bebí agua del arroyo, solamente la necesaria para no sentir sed en el regreso, llené mi bolsa de estómago de *moosni*, caguama, lo cerré con el pedazo de madera de *xopinl*, que servía de tapón, la amarré a mi cintura en el cinto de piel de venado que llevaba junto a la única piel que me cubría el sexo.

Con la carne encima empecé a caminar de regreso al campamento, con el *hap*, el venado hombros en el *pen*, por el mismo camino que por el que había llegado ese día hasta el campamento de mi familia. Cuando llegué mi hijo de seis años *Hasoj Ctam* se puso muy contento, brincaba a mi alrededor cantando —Papá, mató un *hap*, Papá mató un *hap*, mamá, Papá, mató un *hap*— repetía casi cantando. Su sonrisa y sus brincos eran en ese momento la felicidad más grande que existe en esta vida para mí. Se abrazaba mi pierna y yo caminaba con él colgando de mí y con el venado en la espalda al mismo tiempo, pero yo podía cargar con los dos pesos, era fuerte, mi madre me hizo fuerte y sano.

—Ya quiero comer carne, papá— dijo mi hijo, dejándome saber que tenía hambre.

—Yo también, pronto comeremos carne— le dije.

La cara de mi esposa se llenó de tranquilidad y alegría al verme volver con el animal, que puse sobre el suelo con cuidado. Al tocar mi carga el suelo, se acercaron rápidamente *coopol* y *cooxp* los dos perros que habíamos criado desde hace un año, estos perros eran descendientes de los que había traído el padre Fernández, cuando el pueblo cerca de aquí aún existía, cuando la familia de mi madre vivía ahí, El Pópulo como todos le dicen en español, *Hezitim Hasoj* como le llamábamos nosotros.

El padre Fernández trajo una pareja de perros a ese lugar tiempo atrás, y desde entonces casi todas las familias hemos adoptado algunas de las crías, eso fue hace muchos tiempos de pitayas, cinco desde entonces, varias generaciones de perros han nacido y han sido criados por nosotros.

Los perros buscaban lamer desesperadamente la sangre que escurría de la carne del venado, olían la carne y se gruñían entre ellos. *Coopol* es el más agresivo su pelo es negro como la noche por eso le pusieron el nombre por su color, es el mayor. *Cooxp* es más noble con nosotros pero los dos son feroces guardianes de mi campamento y mi familia, por eso les alimentamos bien como uno más de nosotros.

Mi esposa trajo una poca de leña, usando sobre su cabeza una canasta tejida sobre una base redonda de fibras de Toróte bien amarrada, con la sobre su cabeza lleno de pedazos de leña seca que usamos para hacer fuego.

Yo hice el fuego frotando dos palo los palos, con ambas manos gire un palo sobre el otro y en unos minutos tenía brasas y humo, puse hierbas secas y en el medio las brasas que salieron de mis palos, les sople, primero salió mucho humo y luego el fuego que rápidamente cubrí con pequeños palos delgados y secos, y luego cuando tenía una llama le puse encima palos más gruesos.

Estábamos por poner la carne que mi esposa estaba cortando en pequeños trozos, cuando de repente los perros comenzaron a ladrar con dirección al Sur, por la orilla del rio, la figura de un hombre de sombrero sobre un animal se asomaba a lo lejos, venia montado, acompañado de dos soldados. A pesar de que el hombre que los españoles llaman padre venia al frente del grupo, los soldados llamaron poderosamente mi atención, activando todos mis sentidos, acelerando mi corazón en lo más profundo de mi pecho. Desde ese momento ni la carne ni el fuego tenían mi atención, y le dije a mi esposa que llevara a mi hijo al monte cercano para ocultarse.

Estos hombres venían sobre aquellas bestias que los extranjeros habían traído, esos que mi gente llama *caay*, pero que los extranjeros llaman caballos, eran grandes los tres animales que montaban, de nariz grande con agujeros que se movían casi con cada respiración, los animales se veían fatigados, quien sabe de dónde habrían salido, pero habían conseguido ponerse frente a nosotros andando desde el Sur por el rio, los enormes y oscuros ojos de las bestias parecían llorar y de aspecto triste, animales de rostro largo y grande, con cabello lacio y largo sobre la cabeza que se les movía con el mínimo soplar del aire y en cada movimiento que hacían, sus orejas se miraban levantadas y pequeñas arriba de los ojos, llevaban amarrados de forma apretada un extraño asiento donde los soldados iban sentados con los pies metidos en unas cosas que colgaban a los costados de cada animal.

Los hombres de guerra de los extranjeros, los soldados, estaban vestidos con mantas sobre sus cuerpos, y en algunos pedazos se distinguían parte de sus ropajes en color de la piel de algún animal, como a veces se miran las pieles de venado que nosotros usamos. Ambos soldados vestían igual con muy pequeñas diferencias, al igual que el padre traían algo sobre la cabeza que su gente llama sombreros, esa cosa que les cubría del sol de manera ingeniosa. Desde el cuello hasta la cintura estaba aquella famosa manta hecha de varias capas de cuero que tan efectivamente les protege contra nuestras flechas, una protección bastante fuerte. Algunos cuentan que los han visto con corazas de ese material duro y brillante, en color gris que los extranjeros llaman metal o acero sobre sus cuerpos cubriéndoles el pecho, la espalda y el abdomen, pero estos dos tipos no traían metal encima en esta ocasión. Sus cuerpos casi completos estaban cubiertos por las mantas y cueros de los que ellos usaban, solo se les miraban las manos, el cuello la cara, los brazos y por dentro del cuero vestían aquella manta color azul, sobre las piernas traían telas de color oscuro y sobre ellas desde arriba de las rodillas hasta los pies unas pieles que protegían sus pies que parecían huaraches cerrados largos hasta las rodillas.

El padre al frente del grupo traía esas ropas largas y oscuras que los religiosos como el usan, en color negro, que parecen mantas largas, sombrero grande sobre su cabeza que le daba gran sombra, pero este hombre no era el padre Fernández, a quien habíamos visto antes por este lugar. Rápidamente tome mi arco y mis flechas, le dije a mi esposa que se quedaran ocultos en el monte sin hacer ruido, mis dos tíos que viven con nosotros en el campamento y yo nos preparamos por si venían a atacarnos.

Desde el gran ataque que nos hicieron los españoles, cuando mataron a muchos de nuestra gente estábamos en guerra con ellos, no confiamos en esos hombres, aunque habían pasado 26 tiempos desde aquella terrible batalla. Yo apenas era un niño, mi madre y yo sobrevivimos, pero fuimos llevados prisioneros de los enemigos. Nos llevaron a ese lugar que llaman Cucurpe a donde estuvimos como prisioneros junto con otros *comcaac* como nosotros que también habían sobrevivido a ese y a otros ataques, que preferían vivir en los pueblos cerca de un padre, donde los españoles no los mataran, pero a veces ni siquiera ahí era un lugar seguro, las venganzas nunca terminarían, aun 21 tiempos de pitayas después, mi gente aún le llora a nuestros muertos, por culpa de los enemigos españoles yo crecí sin abuelos, por culpa de ellos no tengo a mi padre conmigo, por culpa de ellos...

El padre levantó su palo largo y con forma cruz desde lejos, los perros antes que nosotros estaban en alerta, ladrando con fuerza, sus ladridos hacían un eco solido entre los cerros alrededor, no dejaban de ladrar, al vernos con los arcos en las manos, los soldados se pusieron nerviosos y tomaron con ambas manos sus arcabuces, como ellos les decían al palo del fuego que llevaban consigo, aquella terrible arma con la que tantos de nosotros perdieron la vida hace veintiún tiempos.

—Hijos míos venimos de paz— dijo en un español de acento extraño.

Los soldados se detuvieron su andar mientras el padre avanzaba solo hacia nosotros, enseñándonos ambas manos.

—Hijos vengo de paz, por favor no me ataquen— repetía en español el religioso, mientras los perros estaban cada vez más molestos y agresivos. El sacerdote estaba visiblemente nervioso, nosotros nos miramos discretamente entre nosotros, yo baje mi arco para ir hacia él, los perros se calmaron un poco cuando estuve al frente, mientras los demás se quedaron también con arco en mano tras de mí.

Al llegar frente al padre, él extendió sus manos y me dio un collar.

—Toma, es un regalo de nuestro señor padre, dios nuestro señor, es para ti hijo, tómalo— me dijo

—Vengo de paz— agregó el padre.

—¿Eres cristiano?— me preguntaba en su lengua, pero insisto que no se escuchaba como los demás hombres blancos que habíamos escuchado antes, muchos de los padres que hemos visto no suenan como los *gasupines*, como mi gente llama a los españoles.

Este hombre se miraba distinto, su cara era redonda, su barba era negra, su cabello también, era lo poco que se veía de él bajo su sombrero. Se quitó el sombrero y se inclinó ante mí, los soldados no dejaban de mirar con atención la escena sin soltar sus armas.

— ¿Eres cristiano?, ¿Entiendes español?— preguntó de nuevo, yo no hice ningún gesto.

Después de un poco de tiempo para pensar mis palabras en su lengua, le dije —Entiendo tu palabra padre— le dije con voz tranquila.

—Yo, no cristiano, no tengo bautizo, entiendo poco de tu palabra— le dije.

— ¿Qué quieres hombre de yooz?— le pregunté.

—Soy el nuevo padre para ustedes, me han enviado para volver a construir el pueblo para tu gente, El Pópulo, cerca de aquí, que el padre Fernández tenía con ustedes— dijo con más confianza.

—No hay gente para pueblo, ya nadie vive ahí, todos en monte— le dije.

—Venimos de paz, los soldados no nos van a atacar, yo se los prometo. Solamente vienen para cuidarme y encontrarlos— dijo el padre volteando hacia ellos.

—A ti te creemos, a ellos no. No queremos soldados aquí, ellos matan, españoles matan mi gente, matan parientes. Ellos matan nosotros— le dije con voz firme.

—Entiendo— dijo el padre volteando.

—Guarden las armas— gritó el padre con cierta prisa.

—Por favor guarden las armas— gritaba el religioso con un tono un poco desesperado.

Los soldados hicieron caso con mucho nerviosismo, y sin ni siquiera parpadear pusieron las armas a sus espaldas, pero sus manos se quedaron sobre el gran cuchillo de metal que tienen colgando amarrado de su cintura, cuando ellos lo hicieron, y mis dos tíos también relajaron sus arcos pero sin soltarlos.

Después de eso los tres nos acercamos más al padre, el *paar* le llamábamos nosotros a la gente como él.

El padre también les dio collares en las manos como a mí. Los padres llaman a estos collares rosarios y para ellos son especiales, hasta los besan, no sabemos la razón. Con estos collares de bolitas y una cruz los religiosos repiten palabras a *yooz*, su dios como ellos le llaman. Eso lo aprendimos desde que algunos de nuestra tribu vivieron con el padre Juan Fernández, entre ellos mi mama, hasta que el pueblo quedó abandonado cinco tiempos atrás.

—Ellos son mis tíos, saben poco y entienden poco tu lengua padre, no hablan español— le dije volteando a ver a mis tíos.

Yo puedo entender y hablar mucho de la lengua del padre y los españoles. El padre habla en español pero su acento es raro, es diferente no parece que sea su lengua, no suena como los demás españoles y los soldados, es como si fuera una lengua que no es la suya, como nosotros, una lengua que no es la nuestra.

El padre dijo entre señas y en su extraño español, que lo habla perfecto pero sus palabras suenan diferente, que había venido para volver a vivir todos en El Pópulo.

—Hijo llama a tu gente, por favor, vengan al pueblo, lo construiremos de nuevo— decía el padre con un tono de súplica y también de esperanza.

—Se han ido a los montes— le dije sin mucho ánimo de lo que me imagine que nos pediría en ese momento.

—Casi todos están lejos, hay que caminar mucho para encontrarlos le dije— con la esperanza de desanimarlo, pero en el fondo sabía que estos hombres de largos ropas no se rinden nomas así.

—Vengan por favor— dijo el padre dirigiéndose a su caballo, donde traía amarrado dos bultos. De donde sacó unas telas, un bulto de hilos, eran telas blancas ligeras un poco rasposas, pero también más suaves que una piel de venado mal curtida. Las hemos visto antes, algunos de nosotros, los que vivieron en los pueblos antes hacían ropas para ponernos sobre el cuerpo, a mi gente les gustan mucho, se ven bien, se sienten bien.

Nos puso muchas cosas en las manos, mientras con la mirada tratábamos de asomarnos para ver a que más traía en los bultos que no alcanzábamos a mirar.

—¿Ninguno de ustedes esta bautizado?— preguntó dirigiéndose a mí y a los demás conmigo.

—No padre, no, todos no cristianos nosotros no bautizados—pero tenemos nombre le dije, —Nombre nuestro—

—Entiendo, con el tiempo y la buena ayuda de nuestro señor conocerán de él por mí, de mi padre celestial, que también por ustedes dio su vida y su sangre, pero con el tiempo— dijo esto último con voz más tenue.

— ¿Cómo se llaman?, *Me zo tpai*?— dijo mientras ponía la mirada en unas cosas en su mano, en un papel como llamaban ellos a eso, estaba viejo, manchado y doblado, como si esas palabras en mi lengua las hubiera sacado de ese papel.

Me dejó sorprendido, aun con su mala pronunciación y voz temblorosa, se entendió su pregunta.

—El padre Fernández me dejó unas pocas palabras y frases en la lengua de ustedes, de las diez que me dejo he usado ya la primera— dijo el padre,

—Mi nombre es *Zep*, él es mi tío *Zaj* y él es mi tío *Hatni*, vivimos aquí a veces, solo un tiempo, padre este es mi campamento, aquí vive mi familia y hemos estado desde hace mucho, este lugar era de mi familia antes de mí, ahora es mío.

—*He* Adam Gilg *cah*—Dijo el padre su nombre diciendo como lo haríamos en mi lengua de nuevo.

—Miguel y Pedro— dijo señalando a los dos soldados —Amigos— agregó el padre, aunque sin sonar sincero y un poco nervioso.

—Traigo semillas, sembraremos la tierra, tendremos comida, aquí tienen agua ustedes, y yo traeré animales para comer— dijo mientras hacía señas con las manos, llevándolas hacia su boca como si estuviera comiendo algo que no se veía.

Sus gestos y palabras me recordaron que estábamos a punto de comer el venado que traje de cacería. Mi familia, pensaba dentro de mí. En ese momento no sabía si traerlos, viendo a los soldados no me sentía seguro.

—Los soldados que se vayan, no queremos soldados, soldados matan gente— le dije con voz firme. La mirada del padre se puso extraña, pero volteo hacia ellos y les gritó —Dejadme solo, volved a Ures, este día empezaré mi empresa— dijo el padre en voz alta hacia los soldados.

— ¿En serio padre? no parece seguro— dijo uno de los soldados.

—Estos son buenos hombres, dios me cuidará y a ellos también, así como a ustedes en su camino de regreso.

—Está bien padre— dijo uno de los soldados.

Los soldados bajaron las cosas que traían en bultos también ellos en los caballos.

—Lo siento padre, pero tenemos instrucciones de no dejarlo solo, además los indios no se ve que le vayan a ayudar para empezar la reconstrucción del pueblo— dijo el otro soldado.

—Además, estar aquí o allá donde nadie se ocupa de nosotros, cualquiera de la dos miserias, es igual, al menos aquí no tenemos a los superiores encima, usándonos como esclavos para sus cosas personales— dijo el soldado para sí mismo en voz baja.

El padre aceptó y nos convenció de estar en paz, al menos de tolerar a los soldados por un poco de tiempo.

Se instalaron en una parte del campamento y empezaron a limpiar la que decían sería la zona del pueblo de nuevo, retiraron palos y ramas secas, hojas secas del suelo, vimos como el padre amarraba ramas de árboles secos a aun palo largo y derecho que recién había cortado, con el que hacia movimientos sobre el suelo, sin agacharse, era ingeniosa la cosa, claro a veces parece que a ellos no les es escasa la cuerda, —Escoba— le llamaba el padre mientras me la mostraba.

Ese día nosotros le ayudamos un poco, o ellos más bien habían venido para hacerlo, pero mientras movía esa cosa por sobre el suelo, no dejaba de pensar en mi esposa y mi hijo, estaban en el monte ocultos cerca del campamento, también alrededor había más de nosotros de otras familias que en ocasiones venían a esta parte del rio por agua, era mejor que fuera para avisarles lo que estaba sucediendo, antes de que alguno de los demás hombres, sobre todo los que viven en el campamento de El Medio, como le llaman los españoles, ellos como yo han tenido batallas antes, pero ellos tienen mucho más odio y menos paciencia.

Si se aparecen con sus arcos y atacan a estos dos soldados, vamos a tener grandes problemas, vendrán más de ellos y de momento el padre parece controlarlos, pareciera que vienen de paz, como cuentan que antes de este hombre de *yooz* vino el padre Juan Fernández.

Me preocupa *Xele Quitamt*, el guerrero jefe del campamento de El Medio, él seguramente va a querer matarlos inmediatamente y sin pensarlo, su odio no tiene límites, como el de todos nosotros, pero en estos momentos esta es mi tierra y debe respetar mi poder sobre este suelo, sobre estos montes, tendré que ser firme, no quiero sangre mientras mi familia este aquí, aun debo saber exactamente que pretende este hombre.

¿Será que el padre de verdad quiere reconstruir el pueblo?, al parecer sí, pero la gente no va a querer quedarse, nunca nos quedamos en ningún lado, siempre nos movemos.

Hablé con mis tíos, les dije que iría por mi esposa *Iizax*, y por mi hijo *Hasoj Ctam*, deben tener hambre y necesitan saber que sucede aquí, mi esposa no va a estar tranquila pero de momento esto es lo que tenemos, no me gusta tener cerca dos españoles teniendo a mi familia aquí, tratare de no dejarlos solos, entre nosotros tres podríamos acabar con ellos si nos atacan. Cuando me dije eso a mismo, no dejaba de pensar que por lo menos uno o dos de nosotros podríamos morir, ellos traen dos arcos de metal, que pueden escupir fuego y metal a dos de nosotros antes que los matemos. Por otra parte dentro de mí la idea de irnos lejos de aquí a otro sitio, a otro campamento se volvía más fuerte en mi cabeza al mismo tiempo.

Pero de momento debemos comer, aquí hay paz, una frágil paz, pero es lo que tenemos, si vinieran a matarnos lo hubieran hecho rápido, y no vendrían solamente dos de ellos.

Me acerqué al padre y le dije en su lengua —Padre, mujer y mi hijo, traer yo— le dije.

—Comida, un...— olvidé por un momento la palabra que los extranjeros usan.

—Carne— le dije, recordando que ellos llaman así a la carne del animar que llora, ternera o la vaca como ellos dicen.

El padre dejó de limpiar por un breve momento, y me vio alejarme con mis tíos, entre el monte ellos me escoltaban, cuando les dimos la espalda nuestras flechas en la bolsa, y los arcos en la mano, fueron algo que los soldados no dejaban de mirar con discreción pero no dejaban de mirar.

Hablaron entre ellos preguntándose qué pasaba, preguntando al padre, pero él les respondió brevemente y siguieron limpiando un pedazo del terreno.

Encontré a mi esposa a más de cien pasos de ahí, estaban bajo unos árboles, y a la sombra de otros árboles, ella se había llevado la carne de venado y lo puso también en la parte alta de un árbol. Mi hijo brincó de gusto al verme volver, tenía hambre quería comer.

Le explique a mi esposa lo que pasó, ella dijo que no había escuchado nada, y sabía que no fuimos atacados por los soldados, ella me dijo que si yo pensaba que era seguro que ella confiaba en mí. Fuimos todos hacia el padre y los dos soldados, de regreso al campamento que de nuevo sería un pueblo, el viejo Pópulo.

Esta tierra me la dieron mis padres, ha sido de ellos desde que el tiempo es tiempo, aquí mis abuelos mataron venados con sus arcos, aquí mis abuelas agarraban agua del rio, siempre en este tiempo, es nuestro ahora, mi padre nació aquí, mi madre nació cerca de aquí, sus placentas están enterradas en las raíces los árboles que aun vemos al venir. La placenta de mi hijo también está enterrada aquí cerca. Será de él este sitio cuando aprenda a cazar y sea un adulto.

Si nuestro hijo un día tiene una mujer de los campamentos cercanos posiblemente se quede a vivir por aquí también, el padre Fernández hizo el pueblo en las tierras nuestras, y por un tiempo algunas familias vinieron a vivir, nunca nos molestó, porque respetaban nuestra autoridad, la de mi familia completa.

Regresamos juntos al campamento, al Pópulo, ellos habían limpiado mucho terreno, los hombres estaban descansando sentados, pero aun con las armas a mano, tomando agua, junto al rio. Siempre cerca de sus caballos que también bebían agua.

Mis tíos y yo caminábamos al frente, cubriendo a mi esposa y mi hijo, aunque él era muy curioso y adelantaba sus pasitos hasta ponerse a mi lado, es valiente, no tiene miedos, siempre tiene hambre, pero siempre tiene más valor y curiosidad que hambre, así nos enseñaron y él también está aprendiendo a vivir de esa manera.

Su madre lo toma de la mano y lo devuelve junto a ella. Llegamos cerca del padre, y se acercó a nosotros, su rostro se puso alegre, una sonrisa se formó en su boca, mostrando la lengua y dientes, y sus ojos se veían contentos mientras miraba a mi hijo, y saludó con respeto a mi esposa.

—*Iizax*, es su nombre, ella no habla español-—le dije.

—*Hasoj Ctam*, hijo nuestro— le dije señalando a mi hijo que veía con curiosidad la manera en que el padre vestía, pero distraído a veces con una mirada pensativa viendo a los dos soldados al fondo en el otro lado del campamento, él tenía el instinto que le decía que algo en esos hombres no le dejaba sentirse normal. Los miraba con la misma mirada que ellos lanzaban, no era agresiva, no era desconfianza, era algo más.

El padre por un prolongado momento miraba con atención el tatuaje que mi esposa llevaba, una línea que tocaba sutilmente el labio inferior de la boca, que bajaba justo por la mitad de su barbilla, hasta abajo de la quijada. Por alguna razón llamó poderosamente la atención de aquel religioso. y también se notaba como ponía su atención en la pintura facial que llevábamos en las mejillas, mi esposa tenía unas grandes aletas de la gran manta raya de los mares que llamamos *Cainecoj* en nuestra lengua, pintada de color azul que al igual que mi pintura, atravesaban su rostro, bajo la mirada, coloreando casi la totalidad de sus mejillas de un intenso color azul, brillante, terminando en puntas hacia su barbilla, era la pintura de su madre y se la había heredado.

Bajé de mis hombros el *pen*, el palo con el que había cargado la carne de venado y la puse sobre el piso, envuelto en su propia piel, y comencé a cortar la carne, mi esposa traía consigo unos palos para revivir el fuego que habíamos hecho antes, mi tío Zaj, sacó sus palos de fuego y comenzó a frotar con sus manos hasta que consiguió el fuego de nuevo, sopló entre sus manos con hierba seca de alrededor y un poco de bolitas de liebre que rápidamente hicieron nacer una flama, y sobre ellos puso palitos delgados y secos que hicieron el fuego más grande, en solo unos momentos mientras yo seguía cortando la carne con mi cuchillo de piedra, ellos ya tenían una fogata, las llamas llegaban hasta la altura de los hombros del padre.

El olor del humo llenó el aire alrededor de nosotros, mi hijo se entretenía metiendo palos al fuego, su mama le decía que tuviera cuidado de no quemarse. Cuando el fuego se hizo más pequeño y los palos se pusieron rojos, clavamos la carne en palos verdes, y los pusimos enterrados en el piso, alrededor del fuego un poco acostados sobre el calor de las brasas, rápidamente la carne empezó a tronar, la grasa caliente de la carne empezaba a escurrir entre la carne y el palo que la sostenía, el olor de la carne de venado asándose al fuego combinada con el humo hacían que nuestros estómagos empezaran a moverse, a doler, a hacer ruidos, y nuestras bocas se llenaban de saliva esperando comer.

Con ese olor, los soldados se acercaron al padre y después los tres vinieron al rededor del fuego con nosotros, mirándonos como preguntándose deseosos que compartiéramos con ellos la comida, aún quedaba la mitad de la carne que mi esposa metía en esos momentos en una olla de barro, mientras mi tío *Zaj* que había estado sentado desde que hizo el fuego, le escarbaba un hoyo en la tierra para que se preserve fresca para comer en otro momento.

Nosotros guardamos todo lo demás, mi esposa acostumbra a guardar cada nervio que cuidadosamente para ponerlo a secar, para usarlos para hacer más flechas, arcos y otras cosas que necesitamos, los huesos de los pies del animal ella los trabaja hasta hacer una aguja con la que ella teje sus canastas de toróte, aunque ella tiene varias agujas de hueso siempre, le gusta aprovechar y hacer más, así ella puede regalarlos o intercambiar con otras mujeres, y por último la piel, ella raspa y la pone a secar para usarlas después como abrigo, falda o para hacer más huaraches cuando esté seca, ella es increíblemente buena en hacer que la piel se vuelva una manta suave, su familia son conocidos por dominar esta técnica con gran talento.

Cuando la carne estuvo lista, no quemada pero no cruda tampoco, extendí mis manos, en señal que tomaran una vara con carne, teníamos nueve varas sobre el fuego, de nuevo repetí mi señal con las palmas de las manos hacia arriba, extendiéndolas hacia ellos. Yo ahí sentado frente al fuego, mientras mi esposa después de tapar con ramas la olla enterrada, le daba a mi hijo un pedazo de la grasa cruda de venado que ella estaba comiendo, eso les encantaba, era su favorita.

El padre me miro a los ojos y movió su cabeza de arriba abajo sin dejarme de mirar, tomó entre sus manos la cruz del collar de bolitas en su cuello, y comenzó a repetir unas palabras, rápidamente, arrodillándose, diciendo en su lengua —Bendícenos, Señor, y bendice los alimentos que vamos a tomar para mantenernos en tu santo servicio—.

—Amén— dijeron, casi al mismo tiempo los soldados tras de él.

—Bendícenos, Señor, y bendice nuestros alimentos. Bendice también a quienes nos los han preparado, y dale ėl pan a los que no lo tienen— continuó el padre.

—Bendice, Señor, a cuantos hoy comemos, bendice a quienes lo prepararon y haz que juntos lo comamos en tu mesa celestial— decía el padre con los ojos cerrados, manos juntas con su collar, y la cara apuntando al cielo.

—Porque me das de comer, muchas gracias, Señor. Sé que hay muchos hombres que hoy no comerán... Danos a todos el pan de cada día—.

—Amén— dijeron los tres de nuevo al mismo tiempo, como una sola voz, y dibujaron una cruz con su mano derecha frente sus rostros y pecho, dando un beso a su propia mano al terminar de dibujarse la inexistente cruz.

Fue algo raro, lento pero rápido a la vez, fue extraño, había una ligera paz en el aire mientras lo hacía, pero como un pensamiento veloz que llega y se va, convirtiéndose en recuerdo, después de eso extendieron sus manos hacia la comida.

Mi hijo no dejaba de verlos, en su rostro se miraba la duda sobre lo que fue aquello que hicieron, seguramente me lo preguntaría más tarde antes de dormir.

Ellos y nosotros tomamos una vara de carne cada quien, soplamos con la boca para enfriarla, mordíamos la carne aunque estuviera caliente. Su sabor nos devolvía vida, nos daba fuerza en cada bocado que entraba en nuestros cuerpos.

En medio del silencio, el repentino tronar de las brasas del fuego, las diferentes aves del monte que silbaban de manera intermitente y la imagen de aquellos tres extranjeros distorsionada por el calor del fuego frente a nosotros. El sonido de las mordidas y los saboreos de la carne rompían la falta de voz en el aire.

Mi hijo comía su pedazo de carne, sostenido con ambas manos recargando su cuerpo sobre mi espalda. Mientras saboreaba con gran felicidad su comida, estaba feliz, y mi esposa también al verlo, mis tíos comían tranquilos sentados junto a nosotros, el día se estaba terminando, era esa hora en todos los colores se vuelven muy intensos, los negros de las sombras en los cerros son profundos, el cielo se incendia en un naranja fundido con azules, las sombras se hacían largas y caían por todo el terrenos junto a los cerros. La luz empezaba a irse poco a poco.

Cuando mi hijo aún estaba comiendo, tomé una olla de mi esposa y fui al rio a traer agua, la olla se ponía más oscura al contacto con el agua, llené la olla casi hasta arriba, para no tener que volver hasta que se termine, mi esposa sacó de entre sus cosas unas conchas de almejas grandes que nosotros llamamos *xtip* en nuestra lengua.

Le dimos a agua a mi hijo primero en su vaso de barro, que es su favorito, se lo hizo su madre y lo cuida mucho, bebimos todos los demás y extendí mi mano con una concha al padre, para que bebiera agua.

Si los soldados querían, que el padre les diera, yo no tendría ese gesto con los hombres que matan. Aunque vengan de paz no son amigos, no son familia, estoy seguro que aunque no lo dije nunca, ni en la mía ni en su lengua, ellos lo sabían. Al final, todos ellos bebieron agua, el padre les dijo algo pasando la concha a las manos de uno de ellos. Terminados los primeros pedazos de carne, mi esposa puso más pedazos al fuego, de nuevo ocho o nueve varas más con carne estaban sobre el calor del fuego, todos comeríamos más seguramente.

Mientras mi esposa ponía más carne, ni el padre ni los soldados podían apartar la mirada de la comida en el fuego, puse mi cuchillo de piedra en la cinta de piel amarrada en mi mano derecha, dirigí mi mirada hacia mi tío, rápidamente entendió, aun sin que nos dijéramos nada, y ellos también se pusieron sus cuchillos filosos en los brazos izquierdos, por arriba del codo entre listones de piel de venado, como nuestro pueblo acostumbra para tenerlo siempre a mano, ellos acercaron hacia ellos sus arcos, las flechas siempre estaban a nuestras espaldas mientras estuviéramos despiertos. Cuando terminamos de prepararnos en silencio me sentí mejor, por todos, estábamos listos, siempre teníamos que estar listos, así decían y siguen diciendo aun los viejos, siempre parece que no les falta razón.

—Joooder, que buena carne comen estos indios— dijo uno de los soldado.

—Sí, los ciervos silvestres de estas tierras desgraciadas y calientes, tienen un sabor que magnifico— dijo el otro.

—Ni siquiera tuvimos que cazarlo, este día la suerte ha estado con nosotros—

—ha sido dios, hijo, ha sido el señor, que ha obrado a través de ellos por nosotros— dijo el padre, con un tono de estar satisfecho de la comida y agua en su cuerpo.

Como todos nosotros ahí, yo solamente levanté levemente la mirada hacia ellos mientras aun comía sintiéndome completo por el día que había podido dar a mi familia y campamento. Por no tener la sangre regada en el suelo y por mantener paz sobre la tierra de mis viejos y de mi familia que se ha ido al *coaaxyat*, donde descansan para siempre, donde no sufren más. Ese lugar donde a veces visitamos en la vida del sueño profundo, lleno de paz, donde viven los que duermen para siempre, donde descansan los que ya no caminan más entre nosotros, los que hemos enterrado en el suelo o envuelto en pieles y puesto sobre los arboles de mezquite, palofierros altos, o a veces entre algunos saguaros, que cuando se van los cubrimos con ramas y espinas para que los animales no coman de sus cuerpos, ellos a quienes les ponemos algunas de sus cosas favoritas para que puedan usar en el *coaaxyat*. Algunos de los que han visitado ese mundo en los sueños, nos han contado que ahí están todos ellos, desde bebés, niños, adultos, y los viejos están como se fueron, en esos campamentos cerca del mar y con montes para ellos, donde nadie los molesta, donde pueden vivir de nuevo y pescar, en paz, sin dolor, sin sufrimiento, en ese lugar donde ellos tienen tranquilidad y felicidad.

Algunos van de pesca, otros más van de cacería, las mujeres tejen canastas y hacen lo mismo que hacían aquí en vida, pero no sufren el calor, ni el hambre, el agua, la comida y la buena salud en sus cuerpos abundan. Mi tío *Zaj* nos dice que quiere llevarse sus cuchillos de piedra y su arco con flechas, cuando se vaya por que quiere cazar, cortar pieles y carne de venados, él dice que con eso estará bien ahí.

Yo por mi parte tengo que pensar muy bien que voy a hacer mañana que el nuevo día llegue con la luz del sol. Tengo que ir a avisar a los demás lo que sucede aquí, el padre quiere que llame a la gente a vivir de nuevo en El Pópulo, en lugar de eso les contare lo que sucedió hoy, para evitar un ataque a estos soldados, que han venido con el padre, mientras tengamos niños, mujeres y viejos cerca, no es conveniente para nosotros empezar un enfrentamiento en esta tierra.

También necesitamos más gente, más hombres que puedan junto con nosotros tener vigilados a los soldados y si nos atacan poder acabarlos rápido, sin perder hombres nuestros y proteger a los demás si es necesario alejarnos de aquí.

A muchas mujeres y familias completas les va atraer la idea de poder conseguir de esas pieles suaves que los españoles llaman telas. No tenemos ni idea de cómo logran hacerlas, pero se nota que no son la piel de ningún animal, una vez el padre Fernández dijo que era un tejido de las fibras de una planta, que crece lejos y que las hacen otros hombres, aquí no tenemos nada de eso y la única manera de hacerse con unos pedazos de esas telas es cerca de los pueblos con los padres, ellos siempre quieren que andemos cubiertos, que no andemos desnudos, ellos dicen que eso es malo, ellos dicen que debemos sentir algo que ellos llaman vergüenza.

No entendemos por qué, pero es algo parecido a lo que hacemos nosotros cuando los adultos casados debemos hacer tapar solo nuestras partes con pieles, eso lo entendemos pero el resto del cuerpo es extraño tener que cubrirlo.

Ellos traen esas telas sobre sus cuerpos. Algunos, los que se nota que son los jefes o los que más tienen cosas, sus telas son muy suaves y de colores, en los demás extranjeros las telas son más duras, y de colores menos llamativos, menos complicadas sus formas, nosotros las hemos usado para hacer lo que antes hacíamos con las pieles de animales, los españoles llevan varias piezas de este material sobre sus cuerpos, en el pecho y la panza llevan una que ellos llaman camisa, les cubre desde las muñecas en cada mano, parte del cuello, y hasta un poco más abajo que su cintura. Algunas dejan expuesto una parte del cuello, otras se abre y cierran por el frente, otras no, y solamente se meten dentro de ella para vestirse como si fuera una piel encima de la piel, los españoles usan otros pedazos de telas con que cubren desde la cintura hasta los pies, le dicen pantalón, nosotros únicamente usamos una pieza de piel que nos cubre nuestras partes adultas que llamamos *atj yacaix.*

Los extranjeros en los pies llevan puestos gruesas pieles que forran todo el pie y a veces hasta la rodilla, ellos les llaman botas o zapatos, nosotros usamos solo pieles de venado en las plantas de los pies, amarradas con cintas del mismo cuero para que se sujeten sin soltarse, los españoles les dicen huaraches, nosotros les llamamos *hataamt.*

Los extranjeros que se mueven por estas tierras a veces llevan algo sobre sus cabezas de diferentes materiales, en ocasiones parecen hojas secas de alguna planta, otras veces parecen cueros endurecidos, con estas piezas cubren sus cabezas y tienen un agujero donde se los ponen en la cabeza, les cubren muy bien del sol, ellos le dicen sombrero, aquí son muy valiosos, para andar bajo el sol. Solo unos pocos de nosotros han conseguido tener sombreros, solo los que antes vivieron en este pueblo, en El Pópulo la mayoría de los hombres los obtenían gracias al padre Fernández, que les dio sombreros a muchos de los que le ayudaron a empezar el pueblo la primera vez. Uno que otro de nosotros lo ha obtenido intercambiando con algún español que no es soldado, pero nunca con los soldados. Muchos de nosotros nos hemos hecho alguna vez un sombrero con hierbas y ramas algunas veces con flores del monte de plantas enredaderas que encontramos, como nos enseñan los viejos.

Ir a los demás campamentos era urgente, por ahora solamente quería poner mi cansado cuerpo sobre mi manta de pieles de pelicano, la oscuridad estaba sobre nosotros, mi esposa ya había acostado a mi hijo, mis tíos preparaban sus lugares para descansar, siempre con el arco a mano. Pero como podríamos descansar teniendo dos soldados con sus varas de trueno cerca. El único que podía dormir tranquilo por no estar consciente del peligro era mi hijo, y quizá mi esposa sabiendo que estábamos nosotros para protegerlos si algo salía mal, el resto de nosotros nos pusimos de acuerdo para estar uno de guardia, sin despegar la mirada de los soldados por turnos. Para que los demás podamos descansar un poco, aunque sea un poco.

Al haber tendido mi cuerpo sobre la piel de pelicano, en el suelo, sentí el dolor que traía encima, que no me daba cuenta que estaba ahí, sentía que mi espalda se partía en varias partes a la altura de la cintura, esa mezcla de dolor y de gusto por estar descansando que no sé cómo explicarla. Mi cuerpo necesita recuperarse y haber comido bien era un buen principio, al día siguiente el resto de mi estaría mejor sin duda.

Esa noche mi tío *hatni* se puso en alerta despertándonos con pequeños golpes de su arco, en nuestros cuerpos dormidos, discretamente nos pusimos atentos mientras uno de los soldados solamente se había levantado a orinar, después de eso, se volvió a acostar, seguramente ellos también estaban tensos, se sentía en el ambiente. Solo fue eso nada más.

BUSCANDO

Al día siguiente despertamos nosotros primero, en cuanto los españoles y el padre sintieron los movimientos y los ruidos nuestros se levantaron también, de nuevo pusimos fuego para comer algo. El padre se había levantado y hablaba con los soldados, como dándoles instrucciones y señalando el terreno al mismo tiempo, después de haber hablado con ellos se acercó a nosotros, me pidió que fuera a pedirles a los demás de los alrededores que vengan, con la promesa de bautizarlos, dar comida, telas, y que vinieran todos para reconstruir el pueblo.

Nosotros aceptamos. Debíamos ir todos, ninguno de nosotros se debía quedar. Yo aprovecharía para llevar a mi esposa y mi hijo lejos de los soldados. Así lo hicimos ese día les dimos la espalda al campamento de mi familia, cerca del Pópulo, y nos internamos en el monte, caminando, en unos árboles colgamos muchas de nuestras cosas, y llevamos con nosotros solamente lo necesario, ni siquiera necesitábamos llevar mucha agua, había otro arroyo cerca, y en este tiempo de la año tiene agua. Antes de salir le dije al padre que en dos lunas estaríamos de regreso.

Mi esposa y mi hijo se quedaron en un campamento que ocupamos en otros tiempos, lejos de ahí, el sol estaba arriba de nosotros cuando ellos se quedaron en ese lugar, cerca de un arroyo, mi tío se *Zaj* quedó con ellos, solamente mi tío *Hatni* y yo nos fuimos a buscar a los demás a sus campamentos.

Ese día anduvimos caminando por los montes de alrededor, siguiendo las orillas del otro rio que los españoles lo llaman Rio Zanjón, nosotros le llamamos *yataam hasoj*, poco a poco de campamento en campamento corrimos la voz, tratando de no durar mucho entre los campamentos para poder avisarles a todos, había unos cinco campamentos en los alrededores, pero algunos de ellos podían ir a más lejos para avisar, e incluso algunos iban a ir a hasta los cerros que están al Norte y al oeste, por donde se pone el sol al final de los días. Algunos estaban contentos con la noticia —Los padres siempre dan comida a la gente— decían algunos.

—Los padres nos regalaban tela antes— decían otras mujeres.

El padre no parecía ser molestia para mucha gente, solo algunos no querían ningún invasor, ni padre, ni soldados, pero saber que había soldados en el lugar aunque fueran solo dos perturbaba a los hombres, a los guerreros, unos, como yo me imaginaba, en el campamento de *Xele Quitamt,* querían ir a pelear directamente y acabarlos, pero por ser mis tierras respetaron mi decisión de no atacar para mantener la tierra libre de la sangre de ellos o la nuestra, o la de los todos.

Al final del día logramos reunirnos los *comcaac* de unos cinco campamentos, y unos diez hombres más ya salieron a dar la noticia a los de la sierra que los españoles nombraron Bacoachi. En unos días tendríamos noticias de ellos también, yo les dije que todos eran bienvenidos en mis tierras y las de mi familia, entre más estuviéramos juntos más seguro era para poder cuidarnos. Además muchos éramos familia, posiblemente la mayoría. Solamente algunos hombres y mujeres venían de otras familias de más lejanas, algunos de las costas, otros de las islas, pero ya pertenecían aquí, otros más ya eran pareja con gente de nuestros campamentos por estos lados.

Somos tantos, somos muchos, que no nos conocemos entre todos, no nos visitamos entre todos e incluso tenemos guerras entre algunos de nosotros. Entre los que vivimos cerca de los ríos y montañas contra los que viven cerca de la playa. Siempre ha sido así, desde tiempos viejos, en que ellos nos mataron a alguien y nosotros les matamos a alguien más en venganza, y así se ha repetido entre algunos de nosotros por mucho, mucho tiempo.

Después de tanto andar mi tío y yo, regresamos al campamento donde antes estuvo el pueblo que ahora este padre quería reconstruir, volvimos acompañados de los que quisieron venir con nosotros, muchos no querían, muchos tienen miedo a las enfermedades porque dicen que aquí se enfermaron y murieron mucha gente, algunos le echan la culpa al agua que el padre le pone en la cabeza de la gente cuando les pone nombres en la lengua de ellos, lo que ellos llaman bautismo. Al final los que vinimos no éramos muchos solo unas cinco familias, no éramos más de unas 30 personas, además de la mía.

El padre Gilg vio cuando veníamos llegando, su rostro se llenó de sorpresa y de alguna manera se veía alegría en su cara al vernos a tantos de nosotros juntos, parecía que precisamente eso era su motivo de estar ahí, aunque no lo decía solo su expresión parecía anunciar algún tipo de éxito en su misión, aun así su rostro ni su mirada no parecían tener maldad alguna hacia nosotros, los soldados también se miraban entre ellos, como si no creyeran lo que sucedía por un momento, era bastante evidente que se sabían superados en número, no dejaban de ser soldados, aunque como estaban las cosas en ese momento cualquier intento de atacarnos no terminaría bien para ellos, ambos no podían disimular sus miradas a todos los hombres con arcos y flechas en mano, se veía que en sus mentes intentaban contarnos y ver en que posiciones estábamos en el grupo. Esos soldados no se veían de paz, siempre se notaban tensos, más que eso, entre nosotros tampoco dejábamos de estar atentos a ellos. Siempre estábamos alertas a lo lejos, por los caminos por donde ellos se movían en sus caballos, atentos a cualquier ruido para pelear o escapar si era necesario, aunque la mayoría de los que estábamos ahí a diferencia de nuestros parientes de otros campamentos más lejanos y en especial los de las islas, sentíamos o teníamos un poco de confianza o quizá solo nos aferrábamos a una mínima esperanza de que estando cerca de un padre, quizá, quizá no nos hicieran daño, ni tampoco a nuestras familias.

Parecía que los soldados también temían de nosotros, así que los sentimientos de alerta y la desconfianza eran mutuos, de alguna manera estábamos equilibrados en eso, pero ahora estábamos nosotros en ventaja, por lo menos mientras no vengan más hombres de guerra de ellos.

A mí no se me quitaba la sensación de que nos estábamos jugando todo por la confianza a un padre, un hombre al fin y al cabo, un hombre que ni siquiera era un hombre de batallas, de luchas, de guerras.

Rápidamente el padre Gilg fue a la bolsa que había bajado de su mula, donde tomó entre sus brazos un costal con muchas cosas en su interior y caminó, sin dejar de mirarnos, casi tropezando de prisa por volver a estar frente a nuestro grupo, eran regalos, cosas pequeñas, collares, algunos de esas cosas para mirarse a uno mismo, esos que llaman espejos, cosas que parecían piezas de collares cristalinas que él llamaba vidrio, telas muchas telas, hilos y agujas. Que con ponía en manos de los que estaban al frente del grupo, rápidamente la gente se congregó a su alrededor, sobre todo las señoras, las mujeres, rápidamente acabaron teniendo en sus manos todas las pertenencias que el padre les regalaba, mientras con una sonrisa miraba al cielo, y dibujaba una cruz con su mano derecha para después abrirlas como esperando que cayera algo invisible del cielo en sus manos.

—He Padre, Adam Gilg— decía el padre mientras señalaba con su mano derecha a su pecho con la mano abierta, como esperando que algunos de nosotros contestáramos nuestros nombres en respuesta, pero nadie lo hizo. Por lo menos no en lo inmediato, la gente se miraban entre ellos mientras el padre repetía —Paaadreee, Adam Gilg, es mi nombre— diciéndolo en varias ocasiones pronunciando lentamente.

—Somos *comcaac*— le contestó uno de nosotros, el jefe *Zah*, del campamento más lejano, el como yo había crecido cautivo en Cucurpe, donde ambos aprendimos la lengua de los extranjeros desde niños, mientras le decía eso hacia un gesto con la mano sobre el pecho pero extendiendo su brazo a los demás, como queriendo abarcarlos con la seña.

—¿*comcaac*?—preguntó el padre.

— ¿seris?— Dijo el padre en tono de pregunta.

—No, seris no padre, somos *comcaac*— respondió *Zah*, mientras yo los escuchaba en sentado al margen del grupo, de alguna manera sentía que mi parte de lo que había pasado ya había terminado, y me venía bien despejar mi mente de todo lo que estaba pasando. El padre parecía confundido.

— ¿seris son otra tribu?, ¿otra gente?— preguntó el religioso, con un gesto como si de repente le hubieran dicho que estaba en el lugar equivocado, con las personas equivocadas. Creo que los españoles le llaman decepción.

—No, misma gente, seris es el nombre que los demás indios y los españoles nos han dado, pero nosotros somos *comcaac*, seris no nos gusta— le dijo *Zah* con voz firme.

— *Comcaac*, la gente— le dije al padre en su lengua, metiéndome en la conversación desde lejos donde estaba sentado.

—Es nuestro nombre, el nombre de nuestra nación como ustedes le llaman— agregué.

Viendo que el padre tendría dificultades para comunicarse con todos decidí hablar, —Se llama Padre Gilg— les dije a todos los que estábamos reunidos, y entre ellos repetían como un eco que se extendía a todos los demás —*Paar Xil Apah teye*— se escuchaba de las mujeres a lo lejos varias veces.

—*Español Zimah teye*— les dije que no era español. En todos se veía un poco de gusto por la noticia.

El sol se estaba metiendo de nuevo era tarde, todos se pusieron a preparar un lugar para acampar con sus familias. Limpiando le suelo, algunos trayendo leña, otros no dejaban de hablar. Los niños jugaban contentos, sus gritos y risas se escuchaban por todo el campamento, las mujeres platicaban entre ellas, como si tuvieran mucho tiempo sin verse, el tono de la plática de algunos era en voz muy tenue, como secreteando, se estaban poniendo al corriente con todo lo que habían vivido, —la gente anda diciendo...— Así comenzaban muchas de las conversaciones que tenían en cada rincón de aquel gran campamento. Mientras los perros iban y venían de un lado a otro con la nariz pegada al suelo, oliendo todo, y orinando cada rincón que encontraban uno tras de otro, con la cola hacia arriba moviéndola hacia los lados al caminar por todo el terreno, mientras algunos gruñían y se ladraban provocando algunos pleitos de repente.

La oscuridad se apoderaba rápidamente de todo, mis ojos ya no podían ver nada dentro de lo que se había teñido de negro, una a una se empezaron a encender las fogatas, se escuchaba crujir la madera al fuego, en algunas volaban chisas de fuego pequeñas que luego desaparecían a corta distancia en el aire mientras se elevaban con el humo.

Las mujeres casi habían desempacado sus cosas, no parecía que la gente trajera tal cantidad de cosas cuando llegamos, pero cuando los bultos de pieles de venado y otros animales se empezaron a extender, las herramientas de cada familia, sus cosas, como conchas que servían para tomar agua, palos, huesos de venado afilados que las mujeres usan para tejer, trozos de carrizo que llevan dentro pinturas, algunos cargaban hasta piedras en las que se molían las semillas para hacer harina, cuchillos de piedra, piedras redondas para pulir el barro que las viejitas siempre traen consigo que guardaban como tesoros y hasta se enojan cuando se las agarran los niños, pedazos de piedras filosas para cortar pieles y carne, todo salía y sonaba al desenredarse los atados. Todo parecía ser puesto en su lugar en todas partes del campamento.

Las mujeres comenzaron a preparar un atole, con el agua que los hombres habían traído en ollas de barro desde el rio no muy lejos, con el agua caliente las madres y las abuelas ponían puñados de harina de las semillas de los pastos del fondo del mar *xnoois* que traían consigo, mientras se disolvía para formar la bebida que es mitad comida mitad bebida, las mujeres le agregaban un poco de aceite del caguama que traían en contenedores hechos con el estómago de la misma caguama, como el que yo usaba para llevar agua conmigo cuando voy a cacería, nomas con verlos recordaba a mi madre, cuando el preparado estaba listo lo servían en vasos de barro y le daban primero a los más viejos del campamento por respeto, luego a los niños y a sus hombres, las madres, tías y abuelas siempre se servían al final, preferían que todos comieran antes que ellas por si no alcanzaba, con esta cena los niños lanzaban al oscuro silencio los últimos gritos de alegría ya cansados del viaje y de tanto que jugaron en los alrededores después de llegar, estaban agotados, algunos después de tomar sus vasos de atole de *xnoois*, lanzaban un suspiro de satisfacción y con él se anunciaba que el día había terminado ya, con los niños alimentados, así como quisiéramos que terminaran todos los días de nuestra vida, pero tristemente no siempre es así, a veces nos dormimos con hambre.

Fui a mi campamento, a mi hijo le habían dado atole que las demás señoras traían, y mi esposa y el llevaron pedazos de carne de venado a todos los demás, no era mucho pero compartimos todo.

Voltee a mirar al padre, él estaba solo frente a una fogata, miraba el fuego con la mirada perdida, parecía estar pensado, estaba también agotado de tanto limpiar el lugar. No podía decir yo si su mente estaba en el algún recuerdo de su pasado o si se encontraba en algún lugar del futuro que él quisiera para sí mismo, pero como sea, el parecía estar preocupado o temeroso, quizá como todos nosotros alguna vez estamos preocupados porque las cosas nos sean buenas en el tiempo por venir.

El padre me devolvió la mirada como si hubiera sentido que lo estaba observando, me hizo una seña con la mano —ven hijo acércate— dijo con voz muy tranquila y un poco incierta.

—Quiero agradecerte por lo que hiciste por mi este día— dijo mientras su voz parecía un suspiro de alguien muy agobiado.

—He venido de muy lejos, de un lugar que se llama Rimanov, en Moravia, está del otro lado del un mar, uno muy grande— dijo el padre volteando y señalando extrañamente hacia donde sale el sol, pero para nosotros no hay ningún mar ahí.

—Está mucho más allá de lo que podemos ver, mucho más allá de lo que conocen todos aquí — dijo el padre como extrañando su lugar de origen.

—¿España? — pregunte, con voz dura y con cierto repudio.

—No hijo, España está lejos también, pero yo no soy de España, ellos sí lo son— dijo mientras con un pequeño palo de madera en su mano derecha señalaba a los soldados españoles, que desde el atardecer parecería que ni siquiera estaban ahí.

—Soy diferente, ya han de notarlo todos, no soy español— se repetía así mismo como si quisiera ser muy preciso en eso.

—España y los españoles son malos, matan a los *comcaac*— dije mientras veía en el cielo las estrellas y la luna sobre nosotros.

—Hijo no solamente los españoles son malos, hay maldad en muchos seres humanos, en todos los rincones de este mundo hay personas buenas y hay personas malas— dijo el padre como sabiendo que eso lo puede incluir a él y los que no son españoles como él.

El padre inclinó su cabeza hacia abajo. —Dios es bueno— dijo casi para sí mismo, mirando al piso.

—Gracias hijo, haz hecho algo muy importante para mi hoy— dijo el padre mientras me miraba. Cuando el campamento entraba en el más profundo silencio, de repente unos gritos alarmados de mujeres se escuchó. Los gritos se repetían.

—*Ziix paij ano com hi, ziix paij ano com hi*— se escuchaba repetidas veces entre los gritos, todos volteamos a la fuente de los gritos, se miraba gente golpeando el suelo, el padre se levantó asustado.

De repente se escuchó tranquilidad y alivio,

entre las personas que habían gritado, habían matado a un insecto que pica y tiene veneno, de esos que matan a nuestros niños cuando les pican, los españoles les llaman alacranes. Esta vez nadie fue picado.

—Alacrán— le dije al padre, intentado pronunciarlo bien en español.

—Dios santo— dijo el padre y se acercó, como pretendiendo ver si nadie había sido picado. Cuando vio que todo estaba tranquilo y que el animal estaba aplastado en el suelo, el padre volvió a su lugar en la fogata.

Me levanté de mi lugar y fui con mi esposa, que ya había acostado a nuestro hijo, me dio dos trozos de carne, ensartados en dos palos. Me los dio para compartir uno con el padre y también un vaso de atole de *xnoois* para él. Fui a la fogata de nuevo con él, puse la carne en el fuego, y le di el vaso con atole de *xnoois*, el padre lo acercó lentamente a su boca pero no lo bebió a la primera, el olor del aceite de caguama era fuerte, parecía que no se esperaba ese olor, aun así no pareció desagradarle, lo probó lentamente y en su rostro se notaba que le había gustado.

—Que buen sabor tiene— dijo el padre, mientras lamia sus labios, volteó a mirarme preguntando —¿Cómo lo hacen, qué tiene?-

—Una semilla del mar, le dije y la grasa de la caguama, también del mar— agregué, aunque estábamos tan lejos del mar que no sonaba muy posible.

—Es muy bueno su sabor, también se ve que es muy buena comida— dijo el padre, mientras seguía tomándolo y el atole pasaba lentamente por su garganta.

Tomamos nuestros pedazos de carne y cuando yo estaba por permanecer en silencio para comer, el padre comenzó a repetir unas palabras con voz muy tranquila,

—Padre bendice nuestros alimentos, bendice a esta gente, danos fuerza y sabiduría para la misión que estamos por comenzar, danos tu fuerza y tu protección para hacer de este un pueblo prospero, para hacer de esta gente hombres de bien, hombres que te sirvan y que conozcan de ti y de los misterios de la fe, que si bien no son fáciles de entender obra tú en ellos, y déjame ser el medio para que los *comcaac* honren tu gloria y sirvan a tus propósitos. Dales salud y amor como nos los das a cada momento, muéstrales tu corazón, y dame a mí la fuerza y la sabiduría para poder servirles a ellos y a ti como se merecen en estas alejadas tierras de todo lo que conozco, gracias por nuestros alimentos y gracias por tenernos en tu manto, amén— dijo el padre con una profunda devoción, como si hablara con alguien invisible, me recordó mucho cuando nosotros pedimos buena fortuna a la luna nueva cada vez que la vemos en el cielo, pero sus palabras eran muchas.

No sé qué decía exactamente, pero la palabra dios se repetía muchas veces, y alcancé a escuchar que dijo —los *comcaac*-, y una palabra que no había escuchado antes —amén— dijo al terminar, no le di mucha importancia, estaba cansado, después de eso comimos sin decir nada.

Solamente se escuchaba cuando masticábamos la carne. Sin decir nada me levanté y me fui a dormir con mi familia. El padre siguió ahí un rato más frente a la fogata sumergido en sus propios pensamientos.

Entre los hombres habíamos organizado guardias, algunos estaríamos despiertos un rato durante la noche, para estar pendientes de los soldados, y todos dormimos con arcos y flechas cerca, a la mano. Mi turno de estar despierto seria casi al amanecer, mi tío vendría a despertarme cuando él se vaya a dormir.

Más tarde me levanté durante la noche oscura para salir a orinar, caminaba en medio de la noche alejándome un poco del campamento para orinar, retirado de donde dormimos, nadie quiere olor a orina cerca de donde se duerme, el silencio y la ausencia del aire hacían muy pesado el ambiente, el color negro era tan profundo que la única luz que podía ver eran las brasas de la fogata frente a nuestro refugio de ocotillos, que apenas y parecían unos puntos rojos con gris a lo lejos, el fuego se había consumido hacia una hora, y algunas pocas estrellas que apenas comenzaban a brillar, tan pronto como terminé de orinar, volví con mi esposa y mi hijo para intentar dormir un poco, pero no podía dejar de perderme en medio de la oscuridad a mi alrededor, en pensamientos extraños que no tenían sentido, no sabía si eran fragmentos recuerdos, ideas, conversaciones, estaba muy cansado y no sentí cuando me quedé dormido.

LUNA NUEVA

Algunos días se fueron, extraños pero en paz, y en las tardes al caer el sol, nos sentábamos a escuchar al extraño hombre. La mirada del padre era muy rígida, muy seria, a la luz del fuego ahí sentado frente a nosotros en sus ropas se veían líneas de los pliegues, que hacían sombras de arriba hacia abajo y en cada lugar donde la tela sobre su cuerpo se doblaba, apoyaba una de sus manos en el palo que siempre llevaba por bastón, su manta le cubría los pies, mientras nosotros absorbíamos la luz del fuego en nuestra piel casi desnuda, sentados ahí escuchándole hablar con nuestras espaldas rectas, algunos más desde las sombras, pero su voz nos alcanzaba, solo pocos de nosotros entendíamos algunas palabras de su lengua, aunque el intentaba pronunciar algunas en la nuestra, mientras las flamas de la fogata danzaba en medio de nosotros.

Después de la llegada del padre la primera luna nueva vino al cielo una noche intensamente oscura, una luna que apenas se veía una delgada línea de medio circulo de la luna, una brillante luz blanca como un arco en el cielo sobre un lienzo totalmente negro, mientras esa delgada línea avanzaba por el cielo casi siguiendo el camino del sol sobre nosotros.

Mi hijo la ha visto antes desde que era pequeño y es su luna favorita, todos mirábamos al cielo, y casi al mismo tiempo salíamos de nuestras ramadas y casas de ocotillo, mi esposa y mi hijo se acercaron conmigo. Me incliné hacia el suelo, puse una rodilla sobre la tierra cerrando los ojos tomé un puño de tierra con mi mano, mientras pensaba decía para mí mismo —viviremos y tendremos comida abundante— mientras me llevaba el puño al pecho, repitiendo *—Fa, Fa, Fa—* como nuestras madres nos enseñaron, abrí mis ojos y arrojé con un movimiento gentil de mi brazo puñados de tierra hacia la luna, delante de mí los granos de tierra volaron con el ligero aire mientras por un fugaz segundo cubrieron la luz de la delgada luna.

Casi al mismo tiempo mi esposa y mi hijo hicieron los mismo, y sus puños de tierra volaron a mi lado llevados por el aire, así como también lo hicieron los demás por todo el campamento, unos antes otros después de nosotros, esa noche todos pusimos una frase profética de bien para nuestros futuros ante la luna nueva, y el polvo se sentía en todas direcciones llevado por el viento.

Esa noche hasta los más viejos, temblando

al moverse o apoyados en sus palos que usaban como bastones se agachaban para tomar entre sus arrugados dedos con la piel oscurecida un puño de tierra con una mano y lanzarla a la luna diciendo las palabras ancestrales, mientras la otra mano se sujetaban con fuerza del bastón.

Cuando me di la vuelta y nos dirigíamos a descansar en nuestra ramada pude ver al padre sentado fuera de su ramada, mirándonos, bastante extrañado, era evidente con solo mirar su rostro que tenía preguntas, no podía entender que fue lo que hicimos, solamente podía ver viejos, hombres, mujeres y niños tirando puñados de tierra a la luna nueva. Seguramente tendría preguntas para otro día, todos lo hacíamos en cada luna nueva, pero esta era la primera desde la llegada del padre.

EL PUEBLO

El Pópulo

A la mañana siguiente el sol se levantaba poco a poco, los cerros cerca y a lo lejos se empezaban a iluminar, las sombras comenzaban a recorrerse poco a poco. Había poco viento, muchos hombres para la salida del sol ya no estaban, habían venido poco antes a mi campamento para pedirme permiso de cazar venado, y se los permití, sabían que aquella era la tierra de mis ancestros, de mi familia antes de mí, y yo les dije dónde buscar cerca del rio. Así tres o cuatro se fueron de cacería esa mañana.

—Padre hemos visto cuatro indios que se han ido muy temprano antes de la salida del sol— dijo un soldado, un poco alarmado. El padre Gilg apenas estaba despertando se veía más sereno.

—Han ido a cazar ciervos— dije con voz firme e indiferente, dirigiéndome al padre no a los soldados. Ellos parecieron escucharme y se tranquilizaron. Uno de ellos se acomodaba el cuero que les cuelga de un hombro en donde ponen el gran cuchillo largo y afilado que llevan a un costado de su cintura, casi arrastrando por el suelo. Después supe que llaman talí y que el gran cuchillo lo llaman espada, mi gente les llama *haspaaya* desde que escuchamos como le dicen los españoles.

En todos los campamentos de la gente salía humo, de nuevo las fogatas estaban en acción, las mujeres preparaban comida para los demás. Las vocecitas de los niños discutiendo con las niñas por unas muñequitas de barro se escuchaba entre la gente.

Mi hijo estaba contento jugando con los demás niños en los montes cerca del campamento, muchos de nosotros les advertimos de no alejarse mucho del campamento y de no acercarse a los hombres españoles a los soldados. Ellos asintieron con la cabeza antes de irse, escuchándose sus voces mientras se alejaban para jugar.

Muchas mujeres sacaron sus tejidos y sus materiales, se sentaron a tejer en grupos de dos o tres mujeres, mientras platicaban cortando con los dientes fibras de torote, sin dejar de conversar aunque tenían ramas de torote entre los dientes, desde niño me ha sorprendido como pueden seguir platicando sin detenerse aún con el torote entre los dientes, como lo hacía mi abuela, como lo hacía mi madre. Eso me recordó que hacía tiempo que no veía a mi mama desde que ella se fue a la isla.

La madre de mi esposa también se fue a la isla, muchos de su edad, están allá en *Tahejöc*, que los españoles empiezan a llamar isla del Tiburón. Ellas vivieron tiempos difíciles hace treinta años, aunque el padre Fernández era bueno con ellos muchos querían estar lejos de los españoles y también lejos de los pueblos, esta vez el pueblo vino a nosotros y no me quisiera ir, la única razón por la que me iría sería si la vida de mi familia estuviera en peligro, pero desde hace algún tiempo no parece haber guerras ni peligros, aunque estamos así, la tranquilidad no regresa completamente.

Entre el canto de los invisibles pájaros del monte y los golpes de las agujas de hueso de venado contra los tejidos que las mujeres hacen, el día estaba tranquilo, sin ruidos.

El padre se acercó a nosotros, de nuevo trajo un costal que se veía algo grande, de ahí sacó muchos panes raros, de esos que comen los extranjeros, creo que dicen que están hechos de algo que ellos llaman trigo, una semilla que ellos tienen y usan. El padre se movía velozmente entre los pequeños campamentos, entre la gente poniendo en manos de la gente unas piezas de pan, era un pequeño bulto de masa cocinada al fuego que cabía en las dos manos juntas, era suave, esponjado, tenía una especie de piel como tostada pero suave, pero el interior era blanco y a veces con algunos agujeros diminutos, podíamos romperlo con la mano, al grito de algunas mujeres, los niños regresaron y les dieron trozos del pan, con agua, todos comimos de esa comida extraña del padre.

—*hazaxaeya*— decían preguntándose qué era aquella comida diferente. —*paar quih yasimet*— decían las señoras, —*insihit ha*— decían insistiendo que lo comieran. A la gente les había gustado la comida nueva.

—Pan— decía el padre, —pan— repetía, como pretendiendo, que aprendiéramos la nueva palabra para esa nueva comida.

Las mujeres de nuestra tribu sabían hacer pan, pero de las semillas que conocemos, de las semillas del mezquite, y de las semillas del mar, a veces de las semillas de las frutas del saguaro, pero no conocíamos panes diferentes de esos. Los que nosotros hacíamos no eran tan esponjados ni suavecitos, aunque a nosotros nos parecía que los que nosotros hacíamos tenían mejor sabor. No era malo el pan del padre pero casi no sabía a nada. Algunas mujeres guardaron una pieza de pan completa para cada hombre que fue a cacería. Cuando ellos regresaran con suerte con un venado probarían también del pan del padre.

Después de entregar el pan el padre comió dos piezas, y de igual lo hicieron los soldados, pero ellos no solo bebían agua, traían con sigo una botella alguna clase de líquido, mientras desayunaban.

—¿Gusta aguardiente padre? — dijo uno de ellos levantando una botella.

—No, gracias hijo, estoy bien con agua— respondió el padre, mientras el soldado volvía a su desayuno después de su cortesía.

—ya vendrán tiempos donde un buen vino acompañe mis alimentos en estas tierras, que lejos estamos del colegio de Querétaro, ahí los hermanos de la Sociedad de Jesus han conseguido buenos vinos— dijo el padre para sí mismo, en una voz silenciosa.

El viento comenzaba soplar llevándose el humo de algunas fogatas aun encendidas. Nadie apagaba completamente las fogatas para evitar tener que iniciarlas de nuevo después, era trabajo duro, habiendo leña todos preferían seguir alimentando aunque sea un poco el fuego. A veces parecía que las fogatas esperaban ansiosamente carne de venado para hacer su trabajo. Los cazadores con suerte volverían pronto, con mucha suerte.

El padre nos invitó a algunos de nosotros a señas y con varias palabras en español, quería que fuéramos con él al monte a cortar maderas, palos, lo que hubiera el quería construir algo, tomó consigo un par de cuchillos grandes, que él llamaba machetes, no eran tan elegantes como los cuchillos que los soldados traen de arma, ni tan pequeño como los que usan para cocinar, se notaba que estos eran para cortar maderas más grandes.

Fuimos algunos de los que no fuimos a cacería fuimos con él, cuatro hombres le acompañamos mientras mujeres niños y demás hombres se quedaron en el campamento, los soldados Pedro y Miguel venían con el padre también. No parecía que el calor le hiciera pasar mal tiempo al padre, pero a los soldados se les notaba que tenían poca resistencia al calor, eso era importante saberlo.

Extrañamente estos hombres como la mayoría de los de su raza sudan mucho más que nosotros, nuestra gente, sobre todo las mujeres dicen que los hombres españoles apestan mucho cuando sudan y que el olor es a veces insoportable.

Ellos dicen lo mismo o cosas peores de nosotros también. En todo el camino los españoles no dejaban de tallar el sudor de su frente con las ropas que cubrían sus brazos, no dejaron de hacerlo mientras caminamos todos hasta llegar a donde había unos árboles que los españoles llaman sauces, unos de los que tenían los brazos más derechos y largos de los alrededores, sobre las orillas del rio, ahí el padre tomó su machete y empezó a cortar algunos palos largos, tan largos como la altura de un hombre, no eran derechos tenían algunas curvas pero era lo más derecho que se podía conseguir, el padre se veía seleccionar con cuidado los brazos buscando cierto largo y que estuvieran rectos.

Al final después de que el sol avanzaba por encima de nosotros solo corto ocho de ellos, y los amarró. Nos pedía ayuda para cargarlos en todo ese tiempo solo nos habíamos dedicado a mirarlo, mientras hacíamos bromas sobre ellos. Burlarnos de ellos en nuestra lengua mientras ellos no podían entender nada era algo que no dejábamos de hacer a todas horas, sin parar, risas discretas y hasta carcajadas escandalosas salían espontáneamente donde estuviéramos.

Ellos a veces nos miraban con desconfianza pero no entendían que decíamos, uno de los soldados el que el padre llama Pedro, parecía molestarle mucho cada vez que la gente hacíamos eso, lo decía su mirada llena de cierto coraje, pero pronto quitaba la mirada y seguía a lo suyo, no hace falta hablar su lengua ni leer su pensamiento para saber que él es como todos los de su raza, personas que nos odian profundamente, claro al igual que nosotros a ellos.

Entre todos incluidos los soldados cargamos los palos, que no eran gran esfuerzo, hasta llevarlos al pueblo, ahí el padre al llegar busco entre sus herramientas unas cosas que parecían una gran cuchara con mango de madera y una parte de metal plano y un poco curveado en la orilla, él lo llamaba pala, yo y muchos de los que estábamos ahí nunca habíamos visto una de esas cosas, el padre la señalaba mientras repetía la palabra lentamente —paaalaaa— decía el padre como esperando que repitiéramos la palabra, pero no lo hicimos aunque si la memorizamos en silencio.

Con esa herramienta en sus manos el padre podía escarbar un hoyo en el suelo, remover tierra con más facilidad que con las manos, nosotros hacíamos una herramienta parecida con madera algunas veces pero la parte de metal, ni el metal mismo eran algo que no teníamos ni usábamos.

Aun que sonara extraño decirlo de nuevo como lo hacíamos hace años, pero en el pueblo la gente que había acampado alrededor del padre, éramos ahora el pueblo, los del pueblo, de nuevo se volvía a hablar del Pópulo entre nosotros y también les oíamos a los españoles mencionar el nombre.

El padre Juan Fernández, según él, en una cuenta del tiempo que los extranjeros usan decía que desde ese tiempo al que ellos llamaban el año 1678, el sacerdote llamó a este lugar "Nuestra Señora del Pópulo de los Seris", un nombre demasiado largo, tanto que ni los mismos españoles dicen completo, algunas veces los padres si lo hacen, pero todos los demás llamamos a este lugar, simplemente el Pópulo.

Un grupo de señoras salió al monte cerca de este campamento buscando tierra para hacer barro, se fueron acompañadas de varios adolescentes y niños unas seis personas en total, los vimos partir con rumbo a los cerros ante la mirada desconcertada del padre que pronto se acercó a mí para preguntarme — ¿hijo a dónde se dirigen?, qué sucede? — mientras no dejaba de poner sobre ellos la mirada sin saber que ocurría.

—Van a sacar tierra— Le respondí sin saber si aquello tenía sentido para él o no.

— ¿Tierra?, para qué necesitan tierra? — preguntó el padre con un poco de confusión en la cara.

—Por un momento pensé que se irían de aquí— agregó el padre con una expresión de alivio.

—La tierra es para hacer ollas, para comida y agua— le dije, mientras movía las manos simulando que amasaba el barro y hacia una olla.

—Es cierto, he visto las ollas que tienen, son magníficas, son tan delgadas que parecen cascaras de huevo, son excelentes alfareros tu pueblo hijo— me dijo el padre.

— ¿Qué es alfarero? — le pregunté, porque nunca había escuchado esa palabra en la lengua de ellos, quizá porque también desde los tiempos del padre Fernández no había pláticas entre mi pueblo y los extranjeros.

—Un alfarero es alguien que sabe trabajar la tierra para hacer ollas, y otras cosas que son útiles para la vida— contestó el padre, con la mirada a donde sale el sol, como si pudiera recordar algunos alfareros de allá de donde el viene y su memoria hubiera viajado por un instante hacia su tierra.

—Alfarero— repetí en voz baja para mí, intentando guardar la palabra nueva en mi memoria.

Ese día aun comíamos un poco de la carne del último venado que traje el día de la llegada del padre, con toda la gente que se ha reunido en el pueblo.

Mientras camino por el campamento veo de todo, hacía mucho tiempo que mi familia y yo no estábamos en compañía de tantas personas, se veía muy alegre todo, en todos los pequeños campamentos de las familias que vinieron, se veía movimiento, se veía la gente ocupada haciendo cosas todo el día, mientras caminaba al campamento de mi familia mira a una señora que trabajaba el barro con mucha paciencia, la vi como sacaba las piedritas, después trituraba más el barro hasta hacerlo polvo con un piedra en la mano *hast icosíc,* sobre una piedra más larga, *ziix icá.* Los españoles he escuchado que se refieren a esta piedra para moler cosas diciendo la palabra molcajete o mortero pero no estoy seguro completamente.

Ellos tienen nombres diferentes para todo, poco a poco desde que he ido escuchando su lengua trato de aprender lo más que puedo, así no tendrán secretos ante mí cada vez que hablen, no tengo nada de confianza en los hombres venidos de otros lugares, entre más aprendo más seguridad siento. Algo que es muy extraño es que yo nunca he visto una mujer de la raza de ellos, la mayoría son hombres, dice la gente de mi tribu que en algunos pueblos más grandes que han invadido los extranjeros tienen mujeres de su raza, y algunos niños como ellos a veces, pero yo no he visto ninguno, solo padres, rancheros y soldados.

En el poco tiempo que pasé caminando por el campamento me dejó una impresión muy fuerte ver a la anciana *Comcai Xenoj* trabajar con tanta facilidad la tierra, en poco tiempo ya tenía todo listo para mezclar, pero primero la vi como ponía desechos de conejo que le trajeron sus nietas sobre la piedra para hacerlos polvo también, ella le decía a su sobrina que sin eso el barro no quedaba bien, y con solo un poco de agua logro hacer una mezcla perfecta, agregaba el agua lentamente al barro en un plato de barro que tenía y con unos golpes y movimientos de la palma de su mano en poco tiempo tenía una gran bola de masa café oscuro, casi rojizo sostenido con las dos manos a la altura de su cara, era una sola pieza, toda unida, apenas y se le notaba la humedad, después de eso la dejó reposar aun lado suyo para levantarse a poner más madera en el fuego, en ese momento sentí como que desperté, había pasado un poco de tiempo con la vista perdida en su técnica de trabajar la tierra.

No me había dado cuenta que me quedé detenido afrente a su ramada por un momento, espero verla hacer la olla o lo que vaya a hacer después, su habilidad para hacer cosas de barro es perfecta y al estarle enseñando a su sobrina los demás podemos verla y aprender también, mi esposa sabe hacer ollas pero tiene menos años de experiencia, a esta mujer se le nota que lo ha hecho desde hace mucho tiempo.

Desde una distancia un poco más lejana donde el padre acostumbra sentarse descansar pude mirar que también el veía con atención a la nana preparar el barro, no pude evitar sentir un poco de disgusto de ver un extranjero como hacemos las cosas, aunque ellos también saben hacer muchas cosas, la gente que los ha visto más de cerca cuentan que tienen toda clase de cosas que usan de materiales y formas que no conocíamos antes, han traído tantas cosas diferentes, pero lo único que espero es que se vayan pronto por donde vinieron.

Para hacer algunas ollas grandes tanto como para guardar agua para varios días, a veces hacen piezas de barro para tomar agua que en nuestra lengua se llama *xasoaj,* los españoles los llaman vasos.

En otro lugar del campamento las mujeres tejen canastas de torote, a veces parece que no se detienen ni un momento durante todo el día, verlas ahí sentadas con el hueso de venado entre las manos perforando el tejido de las fibras, que poco a poco comienzan a tener forma de platos, o de ollas de torote hacen parecer que el tiempo no avanza hasta que por fin la pieza está completa y puede usarse para llevar frutos del saguaro *imam*, la leña, semillas, y todo o demás que necesitamos.

Este día vinieron a nuestro campamento cuatro mujeres, dos jóvenes madres y dos de las más viejas de su familia, en agradecimiento a mi esposa por la carne de venado que les compartimos cuando llegaron, nos dieron muchos regalos y se quedaron a platicar, veían a nuestro hijo y les conmovía conocerlo *—xomsisiin quisil—* decían con alegría en el rostro y voz llena de ternura, *—xo caai—* decían al verlo que ya está bastante crecido. Ellas nos dejaron unos vasos de barro para tomar el agua y las bebidas, con hermosos decorados con la sangre de la planta de torote prieto, las piezas de barro estaban bien quemadas, se sentían más ligeras que cuando están hechos de tierra, se sienten más duras, incluso hacen un ruido especial cuando una piedra o un palo los golpea levemente, hacen un sonido que ni las piedras pueden producir, un sonido especial que es la señal de que están listas. Para lograrlo las mujeres que las hacen las ponen al fuego con cuidado, entre palos ardientes y con maderas rojas de fuego, que transforman la frágil tierra en este nuevo material, para que pueda usarse con el agua y que no se transforme en tierra y pierda su forma de nuevo.

Mi esposa y nosotros estábamos muy contentos, mi esposa envolvió los vasos de barro en una manta de piel de conejo y los guardo con mucho cuidado para que no se quiebren. Además de eso las mujeres le regalaron a mi esposa semillas del pasto del mar, de las que habían conseguido de sus familias cerca del mar, *xnoois* como le llamamos nosotros. Es una comida deliciosa, por suerte le dieron a mi esposa también un trozo de carrizo con un tapón de madera de palo blanco, *xopinl,* que contenía un poco de aceite de caguama que servirá para preparar el *xnoois* mas adelante.

Estas semillas son especiales para nosotros, no falta mucho tiempo para que vuelva a ser su tiempo en las playas y en el mar, hemos pensado viajar a las costas a conseguir estas semillas y comer pescado, y *moosni*, el animal que los españoles llaman tortuga marina, pero con los ellos andando a caballo en grupos por ahí, es peligroso, habíamos pensado unirnos a otros grupos para ir juntos en las próximas dos lunas y así estar más protegidos, pero ahora con la llegada del padre estamos la mayoría de los alrededores en este lugar, posiblemente podamos ir al mar más adelante.

Después de los regalos las mujeres se quedaron comiendo con mi esposa, ella les estaba preparando comida desde que las vio llegar, sacó una pequeña olla de barro en la que teníamos nuestro polvo de harina de *has*, el árbol que los españoles llaman mezquite, y tan solo unos momentos después ya estaba usando uno de los vasos que le regalaron las mujeres, de otra olla tomó un poco de agua y comenzó a mezclar el polvo con el agua.

Sobre un plato de barro viejo y quemado,

pero limpio sin tierra ni suciedad, ahí hizo la masa, cuando el agua transformó el polvo en ese material espeso, con las manos hizo unos círculos un poco más grandes que su mano y los tendió sobre unos palos en la fogata, para que se cocinen, *simet*, el pan como lo llaman los españoles, pero el que hacen ellos es más blando y esponjado.

Uno a uno al quemarse levemente de un lado, ella les daba vuelta con un palo para cocinar el otro lado también. Cuando un *simet* estaba terminado lo entregaba con la mano a una de las mujeres, ella sin dejar de platicar lo tomaba con las manos cuidando no quemarse, mientras comenzaba a desbaratarlo enterrando sus dedos delgados, con gran delicadeza para llevarse un pedacito a la boca, al tiempo que mi esposa ponía nuevos círculos planos de masa al fuego, para cocinarse.

Ahí sentada con mi esposa, una de las mujeres le gritó a sus dos hijas, niñas casi jovencitas, para que se acerquen y se sienten con ellas, las niñas llegaron rápido desde donde andaban y se sentaron junto a su madre, que delante de ellas partió el pan que recién había recibido en dos piezas, y se las dio a sus hijas que tímidamente las comían con gusto mientras estaban ahí sentadas con la espalda recta sobre el suelo, a la sombra de nuestra casa *haaco haheemza.* Al verlas ocupadas a todas y a mi esposa entretenida pensé que era mejor dejarlas convivir tranquilas, sobre todo porque sus pláticas se volvían poco a poco esos murmullos que acostumbran cuando se están contando lo que ha pasado últimamente en sus vidas unas a otras. De alguna manera es como viajar y vivir lo que ellas han vivido sin haber estado con ellos, es como verlo suceder y a veces casi como estar ahí dentro de las cosas que cuentan.

Así que decidí levantarme y seguir caminando por el campamento. El día parecía lento, aun el sol ni siquiera llegaba a la mitad del cielo, hacia un poco de calor pero no era fuerte, como lo será dentro de algunas lunas más adelante.

El pueblo parecía más bien un campamento antiguo, de nuestra gente uno grande, con muchas personas, el padre y los soldados parecían por momentos ser solo unos fantasmas que se podían ignorar, pero solo por momentos.

Cuando me levante del campamento, fui otro rincón del lugar donde se habían juntado los demás hombres, ahí estaban mis tíos estaban con los demás, yo no los conocía bien, solamente sabía algunos de sus nombres. Entre ellos podía reconocer a *Xasj* que vivía al otro lado de los cerros a espaldas de nuestro campamento cerca de donde los españoles llaman el medio, era un joven alto, de piel oscura, cabellos largo como el mío, pero más tostado por el sol que tenía un tono color cobre, él tenía fama de ser uno de los mejores cazadores que hay por estos lados. También estaba *ceato* otro hombre como de mi edad, cabello largo no tenía mucho bigote, casi ninguno tenemos tanto bigote como los españoles tienen, pero su barba era escasa pero tan larga como la palma de una mano, desde que los españoles trajeron los animales que llaman cabras, la gente le apoda *ceato,* el nombre que mi pueblo tomo prestado de otra tribu para nombrar a esos animales que tenían una barba parecida a la de él, claro que a *ceato* eso no le hacía ninguna gracia pero lo soportaba, estaban riendo como siempre, o casi siempre, haciéndose bromas y diciéndose groserías, los más grandes a los mas jóvenes, los de menos edad no tienen otra que aguantar y reír con los demás de las bromas sobre ellos mismos.

Todos estaban sentados alrededor de un hombre más viejo a quien yo no conocía, pero que había oído hablar de él alguna vez en mi vida, este hombre peleó junto a mi padre en el ataque que los españoles hicieron hace más de veinte tiempos de pitayas, en esos días yo apenas era un niño, mi padre murió peleando a su lado, además de mi mama pocas personas me han hablado de mi padre y aquellos terribles días.

Yo esperaba poder tener un momento con el viejo, para preguntarle sobre el sobre aquella batalla en la que perdió la vida mi padre. El viejo tenía en su mano izquierda una profunda cicatriz abajo del codo, dicen que fue con uno de esos enormes cuchillos que llevan los españoles, la gente decía que su cuerpo entero estaba llena de cicatrices, y los rumores no estaban lejos de la realidad, la piel de todo su cuerpo tenia rayas de cicatrices grandes y pequeñas, de cortadas, unas más profundas que otras de ese color y brillo que deja la piel cuando las heridas sanan con el tiempo.

—Tenía muchas ganas de conocerte muchacho— me dijo el viejo con una media sonrisa, que dejaba ver ternura y algo de alegría.

—Quiero contarte algo— me dijo en el mismo tono.

—Estoy viejo, no sé si viviré más tiempos, o cuantas lunas más seguiré aquí, ya no puedo pelear igual que antes, y si nos atacan de nuevo tendré que dar mi vida para los demás— con una paz increíble en sus palabras. Todos sabíamos que quería decir con eso, todos hemos visto cuando los españoles nos atacan, y hemos visto a nuestros viejos quedarse ahí sin poder correr ni pelear.

—Los españoles me rodearon cuando se me terminaron las flechas, tres hombres montados en el lomo de sus bestias oscuras comenzaron a atacarme, de frente y también por la espalda— dijo el viejo mientras los demas hicimos un extraño silencio para escuchar su voz.

—Nos tomaron por sorpresa, los enemigos habían llegado desde donde sale el sol, montados en los caballos, eran muchos soldados, más de veinte, también venían otros indios con ellos, parecían Pimas, se veía en sus rostros la sed de guerra, y el fuego de la guerra en sus miradas.

Nuestra gente no alcanzó a correr para esconderse y los enemigos como una manada de animales atravesaron todo el campamento, matando a mujeres niños hombres y ancianos, todos caían con heridas mortales en el cuerpo, primero por los disparos desde lejos pero después fue por el ataque con sus armas filosas, esos cuchillos largos que ellos usan, los hombres rápidamente tomamos los arcos y flechas que teníamos, las mujeres con los niños y los viejos intentaron huir al monte, pero los cerros estaban lejos, rápidamente el campamento quedó lleno de gente herida y muerta, solamente unos pocos pudieron salir corriendo en todas las direcciones posibles. Todos buscaban desesperadamente los cerros, los soldados enemigos nunca habían llegado hasta ese lugar no los esperábamos—dijo mientras su cuerpo parecía revivir lo que contaba.

—Ellos me golpearon con los filos de dos palos con pico de metal en la punta y uno de ellos se vino sobre mí con su gran cuchillo en la mano, levantándola por encima de su cabeza mientras el caballo corría hacia mí, cuando sentí que venía el golpe del filo, por instinto metí mi mano entre la cosa filos y mi cara, justo frente a mis ojos, la velocidad del animal hizo que el corte resbalara por mi piel, me golpeó hasta el hueso, los pequeños cortes que los otros dos soldados me hicieron parecieron nada comparado con el dolor que sentí, casi me corta todo el brazo de un solo golpe, en ese momento yo caí al suelo. Dos flechas pegaron a un uno de los caballos, y uno golpeó pero no penetro el cuero que traía encima de uno de los soldados españoles, yo me desmaye del dolor, no supe más, lo último que alcance a mirar fue a tu padre, *Sipoj Ctam* sosteniendo su arco, las flechas que habían golpeado al soldado eran de él, salvando mi vida. Poco a poco el sonido de los animales, sus pisadas, los gritos de los soldados y los de nuestra gente, se apagaron en la oscuridad que me abrazaba en medio de una nube de polvo del suelo—

—Entre tantos cuerpos muertos, los españoles no me remataron, como vi que lo hicieron con algunos de nosotros heridos sobre la tierra, ni siquiera pude ver que matáramos a uno solo de ellos, solamente miré que les hicimos heridas con flechas en brazos piernas y en el cuello, y algunas pocas en las patas de algunos caballos, pero no alcance a ver nada más—

—Debieron pensar que yo era solo un muerto más, pero yo había quedado detrás de unas ramas, que me cubrieron, por eso los pimas no me cortaron el cabellos, ni me golpearon con sus palos tampoco. Cuando desperté todo era silencio, los vi a todos en el suelo, muertos nadie además de mí había quedado vivo, mire a mi familia, mis hijos, mis hermanos, mi madre, mis tíos, a casi todos sobre el suelo, sin vida. Era como ver y vivir un sueño de los malos— la boca del anciano dejó pasar un poco saliva y continuó su doloroso relato.

—Estaba muy mareado, me sentía sin fuerzas, lo único que pude hacer fue darle la espalda al campamento entero y caminar, caminar mucho, y seguir andando hasta que sentía que mi vida iba a terminar ahí mismo, solo podía ayudarme apoyándome en un palo que recogí de un viejo que murió en el ataque, pero no pude ir más lejos, solo pude dar unos cien pasos, me caí al suelo ahí mismo, pensé que sería ese mi final, nadie me podría encontrar, nadie sabía que yo estaba ahí— dijo el viejo dejando salir algunas lágrimas.

—Lo siguiente que recuerdo es haber despertado en las montañas a un día de camino de ahí, en un campamento donde estaban algunas familias que sobrevivieron a otros ataques, no había más de 40 personas en ese campamento, ellos me dijeron que unos trescientos de nosotros murieron ese día en el ataque donde yo estaba, y cuando me decían los nombres de quienes eran la lista de los nombres no parecía terminar. Es como si hubieran borrado de la existencia de repente a la mitad de la gente que yo conocía, a mi propia familia casi entera, era terrible, se sentía imposible de creer y el dolor era muy profundo que mi pecho ha quedado vacío desde entonces—dijo el viejo exhalando aire y respirando profundamente de nuevo.

—Ellos me dijeron que estuve durante tres días enteros ahí, inconsciente, sin despertar, estando ahí casi sin vida me dieron agua, curaron mis heridas aún abiertas, las limpiaron. Me pusieron las plantas que sanan sobre la piel y me dieron de beber agua con plantas para recuperarme. Desperté con un hambre que jamás había sentido en toda mi existencia. Estaba muy débil aun pero podía hablar con un poco de dificultad, podía escuchar y ver, aunque moverme era muy difícil, mi cuerpo estaba cortado por todas partes que la piel estaba hinchada y dolía mucho.

—Los días siguientes, mientras yo no servía para nada, unos veinte hombres y mujeres, volvieron al campamento donde los españoles nos atacaron, ellos fueron a enterrar los cuerpos de nuestra gente, duraron varios días sin volver, al quinto día regresaron con más dolor en el alma y con un gesto de tristeza que no podían ocultar ni siquiera disimular, dijeron que cubrieron a la gente con tierra, con sus cosas, y que encima pusieron todas las choyas y espinas que encontraron, para que los animales no comieran su carne. Los que volvieron dijeron que vieron las huellas de los caballos de los españoles y los Pimas irse con rumbo a donde nace el sol al sureste. Aquellos que volvieron de aquel tan doloroso y sacrificado esfuerzo, parecían venir vacíos de espíritu, como si solo sus cuerpos hubieran regresado sin el alma adentro, en el fondo de sus miradas solo ardía un coraje tan profundo que sabíamos lo que anunciaba, el mismo fuego ardía en todos nosotros en la oscuridad de la mirada— el viejo seguía hablando.

—Los pocos guerreros que sobrevivieron, hicimos la danza de la guerra esa noche, aun con todos mis dolores aun con todas mis cortadas aún abiertas, y otras más ya cerradas con costras, dancé imitando los movimientos del cuervo, *hanaj*, a la manera que nos enseñaron los más antiguos, en cada brinco veía en mi mente el cadáver de los soldados que nos hicieron esto, los imagine mutilados de los brazos y sin un pedazo de cuero de la cabeza, que yo sostenía invisibles y a puños en mis manos, mientras el mayor del campamento cantaba la canción de la guerra que le vino en el sueño para nuestra gente que se había ido de la vida esos días—

—Al día siguiente nos movimos de ahí, tan pronto como recuperamos fuerzas— decía el anciano, cuando aún no terminaba de contarme la historia un pequeño niño lo interrumpió, tomándolo del brazo —tata, tata, ven a comer— dijo el pequeño mientras lo jaloneaba, y abrazaba al mismo tiempo, con un gesto de profundo amor y ternura, el viejo le devolvió la mirada, llena de cariño.

—Eh ha— Dijo el viejo mientras se levantaba apoyándose en el palo para ir con el pequeño.

—Tu padre es un héroe, un gran guerrero, yo le debo la existencia, a su gran valor y de los demás en esa batalla les honraremos, y pelearemos por ellos cuando el tiempo de nuevas batallas vuelva—

—Toma—, dijo extendiendo una pequeña bolsa de piel, un poco más grande que su puño, y me la entregó, el anciano me dio la espalda, dejándome ver más cicatrices en su espalda.

Yo no podía dejar de mirarlas. Pero rápidamente al verme ahí, entre las demás personas pero perdido en mis escasas memorias de mi padre, por quien guardo un profundo amor, y un recuerdo lleno de orgullo, me acorde de mi hijo.

Con curiosidad rápido revisé la bolsa de piel, dentro había dos puntas de flecha, se veían viejas, levante la mirada hacia el viejo que se alejaba, el volteo y me dijo —Son de tu padre, son las flechas con las que salvo mi vida, volví al campamento de la batalla a recogerlas, las he guardado en homenaje a él todo este tiempo, yo me iré pronto, y quería conocerte para entregártelas— aunque el viejo no terminó de contar todo, lo que me dijo ha sido una de las historias más impactantes que he escuchado en toda mi vida.

Sentí una profunda gratitud por el viejo, y me prometí a mí mismo traerle un venado completo para él y su familia mi próxima cacería.

Regresé mi campamento al mismo tiempo que los demás hombres volvían de cacería, rápidamente las mujeres cortaron la carne, y nos dieron pequeños pedazos a todos nosotros, de nuevo una montón de fogatas se encendieron, el olor a humo llenaba el aire entre los diferentes campamentos, poco a poco el olor a la carne al fuego se mezclaba deliciosamente con el olor a humo, en mi campamento mi esposa y yo hicimos lo propio.

Esa tarde no podía hacer otra cosa que abrazar fuerte a mi hijo, recordando que yo no tuve a mi padre conmigo desde su edad, ese día el recuerdo de mi padre y la batalla en la que el perdió la vida hicieron que sintiera ganas de todos los días llenar de amor y cuidados a mi familia aún más.

Esa noche después de comer cuando habíamos tendido nuestras pieles de pelicano sobre el suelo, estábamos acostados, y en voz baja le contaba a mi esposa todo, todo lo que el viejo me contó, en ese momento mi esposa sintió ganas de llorar aunque nunca conoció a mi padre, pero ella sabía lo que significaba en mi vida, así había terminado el día, entre el canto de las aves y un ruido de insectos del monte que no dejaban de sonar fuertemente, como nunca los había escuchado como si no les hubiera gustado que estemos todos juntos aquí, sin duda hasta ellos se sentían sorprendidos y yo llegue a pensar que hasta nos estaban advirtiendo algo, pero estaba demasiado cansado para seguir pensando en aquello, mi cuerpo apenas se empezaba a recuperar de las largas caminatas que habíamos hecho en busca de los demás campamentos.

Al día siguiente, al sentirse los primeros rayos de luz nos levantamos todos muy temprano, mi esposa desde que se despertó fue al río a lavar las ollas de barro, y puso agua al fuego, mientras el agua estaba calentándose fue por los huesos con carne de venado que había guardado en una olla enterrada y tapada, la carne estaba tan fresca como recién traída, nuestro hijo durmió hasta más tarde, apenas se levantaba y fue a abrazar a su mamá que estaba hincada tomando el espinazo de venado, y algunos huesos de las patas que aún nos quedaban, pero al ver que ella iba a darnos los últimos trozos no pude evitar pensar que es tiempo ya de buscar más comida para nosotros, y ahora con más gente alrededor dentro de poco será más difícil conseguir algo de cazar, los animales se van a espantar y tendremos que ir más lejos o movernos a otro campamento, lo que teníamos ya se nos estaba terminando.

Lo primero que pasó por mi mente era cazar algún animal cerca ese día, pero me ocuparía de eso un poco más tarde, o hasta otro día, porque el sol estaba alto ya necesitaba haberme ido más temprano.

Mire a mi derecha, y vi al viejo que me contó sobre mi padre, y sentí que ahora era mi turno de contarle sobre mí, camine hacia él, y me senté a su lado, le dije que por lo que él me conto no pude dejar de pensar en el tiempo sin mi padre.

Levante la mirada y le dije —En ese tiempo

mi familia y yo días antes del ataque, habíamos estado con la familia de mi mamá cerca de la playa de *soosni itaa*, era tiempo de muchas pitayas, comíamos tantas como podíamos cortar cada día, parecía que no se acabarían nunca, era un bosque enorme de saguaros llenos de frutas para nosotros, y tomábamos agua de un aguaje que estaba cerca del campamento, papá decía que se llama *hax caiil*, recuerdo que jugábamos al rededor del aguaje, hacíamos juguetes con las varas de carrizo y tirábamos flechas que nuestros padres nos hacían con los carrizos de ahí, eran flechas sin puntas, pero papá nos hizo unas puntas de palo con una bola de madera, con la que le tirábamos a las liebres en el monte y las traíamos para comer, yo jugaba con los demás niños, contentos, jugábamos hasta que el sol se metía y terminábamos cansados.

—Aquel día en la mañana pensábamos que íbamos a jugar igual que los días anteriores hasta que ellos llegaron poco después de la salida del sol, nos tomaron por sorpresa, y sucedió lo que me contaste —miré al viejo, y el solo movió la cabeza de arriba a abajo con tristeza.

—Después del ataque de los soldados nos llevaron a mi mama y a mí, yo era pequeño, nos hicieron prisioneros, los soldados aun sudando de la batalla, a las mujeres y viejos ante mis ojos los persiguieron y los capturaron, estaba congelado de miedo no sabía que pasaba apenas y puedo recordar, pero mi madre me contó que aquel día a las mujeres y a los viejos les pusieron el palo con espinas sobre los hombros, y les amarraron del cuello, a mi mamá y a los demás les amarraron las manos por delante y algunas por detrás, así amarrados de manos y del cuello veíamos los demás niños que nos amarraron del cuello a la cintura del adulto que estaba más cerca, nos amarraban al primero que tenían cerca, los soldados fuera o no nuestro familiar, a mí me amarraron a mi madre— yo le seguía contando al viejo.

—Los niños no entendíamos que pasaba, muchos de los pequeños de ese día habían perdido a sus dos padres, yo abrazaba a mi mamá y lloraba a su lado. Los soldados nos pegaban con una cuerda que hacia un ruido muy fuerte como un golpe en el aire, nos golpeaban con ese que después supe cuando conocí mas su lengua que ellos le llaman látigo, y nos picaban la espalda y costillas con las lanzas, y nos hicieron caminar, algunos soldados montados iban al frente otros más iban atrás de nosotros, no pude ver ni contar cuantos éramos, yo estaba muy pequeño— le dije al viejo mientras yo miraba en mi mente esas imágenes terribles.

—Cansados con sed, con hambre y mucho dolor avanzábamos quien sabe a dónde, yo solo recuerdo que el sol se ponía a nuestras espaldas, y solo entendía que íbamos en dirección a donde sale el sol, recuerdo que se hizo de noche, acampamos amarrados y sentados mientras los soldados no dejaban de vigilarnos, sus cuerpos se iluminaban con el fuego y la escasa luz de la luna, sus ropas no puedo olvidar que recuerdo sus ropas iluminadas por la luz de la luna y el fuego en su cuerpo— seguí contándole al viejo hombre.

—Habíamos mucha gente, caminamos por varios días, unos cuatro, estábamos muy cansados, teníamos mucha sed, recuerdo que sentía que los pies no podían mas, casi ni siquiera podía estar parado ni menos seguir caminando, y me caí al suelo de golpe, la mirada era borrosa, cuando ya casi no me podía ni levantar, por el cansancio, llegó un soldado en su caballo y se bajó del caballo frente a nosotros, pensé lo peor, tuve miedo, pensé que nos haría algo malo, y más cuando lo vi sacar de entre sus ropas un cuchillo corto que tomó con su mano derecha y lo llevó hacia nosotros, en ese momento dimos medio paso intentando alejarnos pero los amarres no nos dejaban, el soldado le cortó el amarre de las manos de mi mama—

—Cargadlo india, si no quieres que lo dejemos tirado en el camino— no entendíamos su lengua aun pero con el tiempo cuando aprendí un poco lo entendí.

—Mi mama me tomó con sus brazos, aunque ella estaba débil y muy cansada, por ratos mi mama me cargaba, yo la veía llorando, enojada, triste, muy cansada, nunca olvidaré su mirada ese día, me rompe el corazón recordarlo, las demás mujeres lloraban y se repetían los nombres de su gente, de los que quedaron muertos tras nosotros y que sus cuerpos habían quedado lejos—

—Cállense joder, sigan caminando indios perros— gritaban los soldados.

—Caminen indias perras— Decían los soldados.

—Los caballos caminaban a nuestro lado con los enemigos sobre ellos, sus pisadas hacían un sonido que parecía insoportable, los niños ya no lloraban, solo se escuchaban sollozos y gemidos, y mocos que aspirábamos, las lágrimas parecían haberse salido todas, secas sobre nuestro rostro, pero el dolor estaba ahí, nuestros cuerpecitos se habían cansado de tanto llorar, nos preguntábamos que estaba pasando, porque nos estaba pasando eso, era como vivir un sueño de esos que dan miedo, recuerdo a mi primo de mi edad, con el que había cazado liebres días antes, lo vi caer al suelo de cansancio en el camino, él no se pudo volver a levantar y los soldados lo dejaron ahí tirado mientras una explosión de llanto y gritos desesperados de mujeres llenaron todo alrededor de nosotros—

—De vez en cuando después de mucho caminar nos deteníamos y un soldado nos daba un trago miserable de agua, que apenas se sentía pasar por la garganta, nuestros labios y bocas estaban tan secos que el agua parecía que caía en la arena cuando la tomábamos, solo eso un pequeño trago, y solo nos dieron unas cuantas veces—

—Después de mucho caminar, no recuerdo si fueron dos días o más, pero si recuerdo que llegamos a dos o tres lugares en el camino, pero el que más recuerdo es el último donde la caminata que parecía que nunca iba a terminar llego a su fin—

—Habíamos llegado a un sitio, parecía un campamento pero era diferente, ahí había corrales hechos con palos que nunca había visto de esa forma, ahí vi por primera vez la que los padres llamaban iglesia, la casa del padre como les decimos nosotros, era de palos de madera, en se lugar la gente vivía en ramadas que llamaban casas, había un campo de cultivo donde crecían plantas que ellos sembraban, se escuchaba y veían varios caballos que movían la cola mientras movían también las orejas cuando volteaban a vernos mientras avanzábamos en hilera al interior de eso que ellos llamaban pueblo, mientras entrabamos llevados por la fuerza las cabras hacían ese ruido que hacen al que aún no me he acostumbrado, olía a humo y fuego en el aire, y ahí nos amarraron a un árbol, los soldados desmontaron de sus bestias y el jefe de ellos saludó a un hombre de ropas negras y largas, era un padre, que había venido al encuentro con nosotros, hablando quien sabe que cosas el padre desapareció por un momento y luego volvió con una olla de agua, que con un vaso nos daba agua a cada uno de los que estábamos ahí—

—Yo volteaba en direcciona donde creía que veníamos, ya ni siquiera estaba seguro, nada de lo que miraba alrededor me parecía conocido, y en ese tiempo no conocía nada de lo que iba a ser mi mundo nuevo—

—En el pueblo había otros indios, de los que llamábamos Pimas, ellos andaban libres, algunos hablaban con el padre en su lengua, escuché que hablaban unas cuantas palabras en nuestra lengua. Al día siguiente nos desataron, teníamos espinas de ocotillo en los hombros y cuello, teníamos las manos heridas de las cuerdas apretadas, estábamos entumidos, la espalda adolorida, mis pies temblaban sin detenerse, todo era dolor, un gran dolor, tan fuerte del cuerpo como por dentro, era lo más cercano a morir sufriendo, pero sin dormir para siempre— le dije al anciano hombre que escuchaba atento mi relato de lo que sucedió con nosotros después del ataque al que él sobrevivió.

En los días siguientes bautizaron a varios niños que veníamos prisioneros. El padre puso su mano en mi cabeza y dijo,

—yo solemnemente te bautizo como Juan Francisco, En el nombre del padre del hijo y del espíritu santo, Amén— un chorro de agua helada cayo por sorpresa en mi cabeza, y me puso un rosario en el cuello.

Odio ese día, odie el bautismo, por eso cuando me preguntan si estoy bautizado siempre he dicho que no. Así terminé de contarle al viejo aquel día.

—Ve con ellos, están vivos, te tienen a ti, estamos juntos todos hoy— me dijo el anciano señalando con su bastón mi campamento y mi familia, se interrumpió mi relato pero ya le había dicho lo importante. Ambos nos levantamos y nos devolvimos a nuestro lugar.

LA IGLESIA

Paar iime

Los ruidos del padre golpeando maderas me despertaron de inmediato, con algo de alarma, tan solo poco tiempo antes de que saliera el sol, aquel sol que ahora tenía bajo de si a tres tipos personas en el mismo espacio de aquellas tierras junto al rio, el hombre del espíritu de los extranjeros, el paar Gilg, los detestables soldados españoles y nosotros.

Mientras los demás aun dormían, me levante a orinar a unos pasos del campamento, de igual manera los soldados pedro y miguel se levantaban al otro lado del campamento, el padre Había construido una casa de madera con los palos que había cortado días antes, la casa era pequeña pero para ese momento el padre colocaba una gran cruz de madera sobre la parte de enfrente de la casa de madera por donde tenía una entrada.

Cuando al fin el padre termino de colocar la cruz de madera que era tan grande como el abdomen de un hombre adulto, se arrodilló ante ella y con una voz muy tenue repetía muchas palabras, únicamente pude escuchar la palabra —amén—al final de lo que decía en su lengua, mientras el padre hacia eso, al fondo se escuchaba al anciano que me habló de mi padre, el viejo cantaba una canción de celebración, una canción de festejo en nuestra lengua, aunque no levantaba el sonido su voz todos podíamos escucharlo al tiempo que los acompañaba con el ritmo de las maderas de su raspador, su música seguía su voz y su canto, era poderoso, podía sentir el poder de la canción poco a poco la gente se empezaba a levantar, las mujeres a poner el fuego, muchos al igual que yo varios se iban a orinar a los alrededores perdiéndose entre el monte a las afueras del campamento, es difícil decir si el monte estaba alrededor o nosotros sumergidos en el denso monte.

Me dirigí hacia el padre con la intensión de ver qué era lo que aquel hombre vestido de telas oscuras estaba haciendo, sin dejar de escuchar y con ganas bailar las canciones que el anciano cantaba con aquella voz que recordaba su edad, por la manera en que salía envejecida de su boca al entonar los cantos, para mi andar entre los campamentos de los recién llegados era algo que hacía que mi curiosidad viajara, toda esa gente reunida haciendo toda clase de cosas interesantes.

Al pasar por un lado de una de las casitas de ocotillo de las demás personas, miré una señora hacia collares de bolitas de barro con un color azul de ese polvo natural nuestro que los españoles llaman añil, las bolitas quedaban azules. Pedro el soldado español, no podía quitarle la mirada de encima, las bolitas azules cautivaron su mirada, el soldado dejó de lado los palos que tenía en las manos con los que estaba levantando una ramada a solo unos cuantos pasos de donde el padre había hecho eso que llamaba la iglesia, fue a decirle a Miguel el otro soldado que viera aquella cosa que teñía de azul las bolitas de lodo entre las manos de la señora.

Otra mujer, sentada y tranquila junto a su fogata aun humeante hacia una pipa de barro, que cuando estuvo terminada y cocida, quedó endurecida al grado que ni la lluvia misma podría volverla a convertir en tierra de nuevo, la recibió el padre Gilg como regalo para fumar cuando compartía de su tabaco con nosotros.

Saqué unas cuantas de las hojas secas que traía el atado de tabaco que me regaló el padre, al abrir el envoltorio de tela se liberó al aire ese aroma de las hojas de tabaco que en nuestra lengua llamamos *apis*, mi tío *Zaj* me contó que el *apis* que él conseguía cuando fumábamos juntos, era de un lugar al Norte cerca de unas montañas al frente de la playa, que en nuestra lengua se llama *apis iihom*, pero que aquel era más fuerte, raspaba a garganta con cada vez que pasaba el humo por la boca.

Qué más puedo decir de aquellos tiempos si todos los eventos que habían ocurrido hasta ahora parecían ser tan rápidos, y para muchos resultaban más que perturbadores, sobre todo para los más viejos y los más bélicos. Los tiempos que siguieron lo fueron mucho más.

Entre tener que alimentar a mi familia, cuidar de mi esposa e hijo, y lo que sucedía a cada momento con el Pópulo, la vida parecía volverse un huracán de cosas nuevas que nos golpeaba con toda su fuerza.

Los siguientes días, a gran velocidad, entre los soldados y el padre se clavaban más y más palos sobre la tierra, hasta que una parte de lo que ahora llamábamos el pueblo se había convertido en un campamento rodeado por palos parados uno junto a otro, cimientos de rocas sobre el suelo, lodo que envolvía palos de las ramadas, y de repente una casa hecha de aquellos palos la habían convertido en un centro donde aquellos hombres hacían su espiritualidad de formas extrañas para nosotros pero que poco a poco comenzábamos a entender aunque sea un poco.

El padre entregaba día tras día de esos collares llamados rosarios, hechos con bolitas y cruces tan pronto como le mandaban más o también él mismo los hacia con maderas de alrededor, el padre parecía hablar más a cada día que pasaba pero no con la voz sino con un arsenal impresionante de señas que se veía había aprendido y practicado mucho antes de necesitarlos para comunicarse con mi gente sobre todo con aquellos no tenían ningún interés en siquiera repetir una sola palabra en la lengua de los extranjeros, los soldados y el padre pensarán que no aprendemos, pero el hecho de no hablar palabra en la lengua de ellos no significaba que mi gente no entendía cuando ellos hablaban, poco a poco muchos aprendimos rápidamente mucho de su lengua. Mientras ellos y en especial el padre se quebraba la cabeza intentando aprender algunas palabras que tan pronto como creía estar seguro del significado de unas cuantas palabras rápidamente las escribía en esos papeles que cargaba consigo, yo mismo que pude ver como lo metía doblado entre otros papeles prensados en una cubierta de cuero, algunos estaban en blanco otros llenos de letras cuidadosamente dibujadas por ellos, anotaba cosas en cada hoja como él les llamaba.

Nos dimos cuenta como cada siete días el padre intentaba reunirnos para hablar de su dios, *yooz* como nosotros decíamos, el padre habían intentado enseñarnos sobre lo que parecía una historia antigua de su pueblo, su historia de la creación de un mundo que parecía sacado de otra realidad y de los hombres de los que ellos vienen, además un montón de cosas más complicadas una después de otra, que aun para los que entendíamos un poco de su lengua no podíamos comprenderlo todo.

Mi gente se preguntaba si un hombre o un dios del que ellos hablan en verdad vive en el cielo como ellos dicen, de ser así, nos preguntábamos si aquella figura poderosa estaba en las luces que brillan las noches en el firmamento, sobre las nubes, en el sol, en la luna, o en lo más oscuro y profundo de la noche, aunque no importaba gran cosa la respuesta, si es que existía una, nosotros creíamos en el creador nuestro en *hant caai*, y ellos, los extranjeros ni siquiera podían pronunciar su nombre ni entender de su existencia en nuestra realidad.

Para nosotros nuestro creador seguía siendo *hant caai*, la gente no dejaba que los mitos de los extranjeros se sobrepusieran a nuestra manera de entender nuestro origen. Cuando alguien conseguía repetir las palabras del padre y medianamente entender cuando él se comunicaba, nos seleccionaba de intérpretes, de lenguas como el decía, y trataba de tenernos siempre cerca, aunque ninguno alcanzaba aún el entendimiento de la lengua de ellos como el que yo había podido adquirir al vivir de niño cautivo en Cucurpe con mi madre.

Un día de estos particularmente fue muy raro. Por todo el campamento la platicaba giraba la mayoría de las veces sobre los extranjeros, la opinión a veces se dividía entre nosotros, hombres, mujeres adultos y viejos, hablaban sobre ellos.

Los hombres y mujeres más bravos no los querían, hablaban de lo malos que eran estas personas desde los tiempos de nuestros abuelos, como les atacaron cuando pasaban por los ríos, otros más solo podían recordar con profundo coraje el último ataque poco más de veinte tiempos atrás. Otros más creían que al menos los padres eran buenas personas y que no todos los extranjeros eran iguales, que quizá algunos podrían ser buenas personas, pero buenas personas o no la verdad es que no los queríamos en nuestras tierras, muchos otros hablaban sobre como los extranjeros atacaron y sometieron a los vecinos Opatas no muy lejos de aquí, hasta casi acabar con ellos desde su llegada, como se cuenta desde hace mucho tiempo por generaciones, y también se hablaba de cómo sus hombres se metieron con sus mujeres haciéndoles hijos, niños que al nacer traían la sangre de ambas razas, era perturbador imaginarlo, algo que ellos nunca desearon ni eligieron, niños que nacían mitad extranjeros mitad gente de esta región, no de nuestro pueblo, no de nuestra sangre, pero ya había sucedido eso con otros pueblos años atrás.

Algo que sin duda era de peso en la plática era que los padres regalan cosas, que dan comida y que al menos el *paar* Juan Fernández hace cinco tiempos y ahora este nuevo paar Adam Gilg eran distintos.

A muchos de los viejos no les gustó y lo decían enérgicamente, les molestó mucho que cortaran tantos palos y que los pusieran al modo de campamento como ellos lo hacen, eso lo veían como una señal de que quieren quedarse, y eso era inaceptable, extrañamente esta gente se queda por más tiempo en cada lugar, sobre todo cerca de los ríos, no se mueven como nosotros lo hacemos y lo más terrible es que no se van.

El viejo que me dio las puntas de las flechas de mi padre me dijo —Se están quedando en la tierra de tu familia, mira lo que están haciendo, ahora es solamente un *paar* y dos soldados, cuando menos te lo esperes una gran numero de ellos, caminara por aquí, vivirán aquí, y ¿Qué vas a hacer tú? — me dijo mientras señalaba con la mirada a mi hijo pequeño que jugaba a la distancia con los demás niños.

—Son las tierras de tus hijos, es las tierras de tus viejos, ¿Qué vas a hacer tu?— me repitió con voz tenue. Aquello que me dijo me sacudió la conciencia al instante, a veces no parecía pero, todo aquello que sucedía estaba ocurriendo justo sobre la tierra de mi familia.

TINTA Y PAPEL

Una de aquellas tardes en El Pópulo, el padre me preguntó:

—Hijo, ¿Cuántos son todos los de tu nación?, ¿Cientos?, ¿Miles?— preguntó el padre mirando al horizonte deforme por las siluetas negras de los arboles oscurecidos a la última luz del atardecer.

—No sé los números en tu lengua padre, pero somos muchos, somos más de los que podemos mirar, somos más de los que nosotros mismos podemos contar, estamos ahí afuera en el desierto, junto el mar, otros en las tierras en el medio del mar, las que ustedes llaman islas, en la otra tierra más allá del mar, estamos en todos lados, posiblemente seamos más de lo que ustedes creen o cuentan— aquello era cierto somos tantos que muchos no somos familia ni nos conocemos.

—Quisiera verlos a todos alguna vez— dijo el padre.

—Muchos no queremos ser vistos padre— le dije con sinceridad.

Un anciano cantaba en el campamento, cuando conversábamos, eran cantos de celebración de mi pueblo, eran canciones alegres, que sonaban desde el corazón de donde estábamos todos.

Aquel viejo hombre era increíble, con su voz y su canto podía darle vida a todo el campamento, casi a todos los días canta las canciones de fiesta de nuestra tribu, la voz débil por la edad de aquel hombre se transformaba en una fuerza llena de vitalidad y potencia cuando convertía el aire dentro sí en las notas de nuestros cantos.

Sentado afuera de las ramadas de su familia desde muy temprano comienza a agitar una pequeña bolsa de piel con los capullos de las mariposas del desierto, las mismas que los danzantes de los vecinos yaquis llevan amarrados en los pies cuando danzan, y la bolsa tenia dentro cascabeles de víboras, que con las vibraciones al ritmo de su mano, siguiendo su voz hacen la melodía de las canciones con las que crecimos desde niños.

Cuando la sonaja se mueve marcando el ritmo de la potente voz del viejo, de donde emana el canto que tanto disfrutamos, llenando nuestras vidas de alegría, frente a él siempre hay un caparazón de caguama que lleva cargando a todas partes, que puesto sobre la tierra o la arena, los jóvenes como atraídos por el instinto del danzante, ponen sus pies descalzo sobre el caparazón, para comenzar a seguir las notas del canto del anciano con los golpes de sus talones que producían un sonido de tambor y las plantas de los pies golpeando a ritmo de las canciones el caparazón de caguama todo en una armonía sobrenatural.

La música era extraordinaria, la danza era magnifica y nuestro día tenía una alegría increíble, sonrisas, nuestros cuerpos moviéndose al ritmo de las canciones, acompañando con nuestra voz, y algunas mujeres viejas y señoras ayudando con las palmas de las manos.

Canción tras canción el viejo entonaba siempre una distinta sin repetir ninguna, mientras las fogatas ponían comida en todos los campamentos, y todos teníamos intención de alimentar al anciano cantante y a sus jóvenes danzantes que agotados después de varias canciones se alternaban dando su lugar a un nuevo joven para seguir acompañando con la danza al viejo.

Hasta el padre mismo desde lejos en las afueras de su ramada lo escuchaba con gozo y un gesto de sorpresa, sin resistir la curiosidad se acercaba al músico y su danzante que ni siquiera voltearon a verlo concentrados en su oficio. El padre parecía muy impresionado por la velocidad de los golpes de los pies de los danzantes y su mirada se quedaba congelada sobre sus pies. Mientras involuntariamente el cuerpo del padre mismo se movía al ritmo de la música, con movimientos de su cabeza de arriba a abajo al ritmo de la voz del viejo.

Mi hijo y los demás niños cantaban y bailaban también desde donde se encontraban, haciendo un esfuerzo por alcanzar con sus delgadas voces el ritmo y el canto del anciano, mientras otros intentaban mover sus pies como lo hacía el joven danzante, levantando polvo del suelo donde pisaban.

Había días en que parecía que el mismo viento danzaba al ritmo de nuestros cantos. A veces mi tío *Zaj* hacia un breve relevo al viejo para que pudiera comer algo, tomar agua y tomar un breve descanso, aunque mi tío aún no es un anciano es un hombre ya entrado en años, que no se ha casado nunca, y conoce de memoria muchísimas canciones, demasiadas canciones, además de ser un excelente cantante, seguramente cuando sea un anciano alegrará nuestras fiestas y nuestros días con sus cantos.

Yo miraba por la rendija que hacia la puerta abierta de la ramada del padre, yo tenía curiosidad sobre aquel sujeto extranjero que parecía mover su mano derecha sobre una mesa, ahí sentado en una silla de madera mientras su ropaje negro envolvía la silla entera y sus manos se movían sin detenerse rasgando las hojas de papel con la pluma en su mano.

La tinta negra se pegaba al papel haciendo símbolos, uno tras otro, llenando de puntos, líneas, o garabatos que parecían un hilo que se enreda, se corta y continua apareciendo frente a él, mientras su mirada los sigue al tiempo que van naciendo de su mano.

Siguiendo mi curiosidad entré en su ramada, y pregunté:

— ¿Es tu lengua en símbolos dibujados con la tinta en el papel?, he visto a los padres y a los españoles escribir muchas veces— le dije al padre buscando aprender más de lo que ellos llamaban escritura.

—Algo así hijo, los españoles escriben en su lengua únicamente— comentó el religioso mientras me mostraba las hojas con letras de tinta sobre su mesa. Yo paseaba la mirada sobre las incomprensibles cosas sobre esas piezas de papel que el padre me mostraba levantándolas un poco para que yo pudiera mirarlas.

—Ésta que miras aquí es una lengua que no es la mía, que no es español, es otra lengua diferente que ya nadie habla, solo los padres como nosotros nos comunicamos en esta lengua— dijo el padre.

— ¿Hablas más lenguas?— le pregunté con curiosidad.

—Todos los padres de mi orden, donde yo

me preparé hablamos más de una lengua, sabemos esta lengua antigua que se llama Latín, hablamos la lengua del país donde nacimos, y también muchos hemos aprendido español, yo hablo 5 lenguas, pero la más importante ahora es la tuya que no consigo aun hablar— dijo el padre mientras se veía en sus ojos una extraña prisa por hacer de la nuestra su sexta lengua.

—Yo hablo la tuya, y la mía, dos lenguas únicamente, pero también se mucho de la lengua de los pimas y un poco también de la de los yaquis— le dije al padre que se quedó mirándome un momento.

— A mí me sorprende mucho como has aprendido el castellano—me dijo el padre en un tono muy serio.

Yo cambie la conversación preguntándole:

— ¿Escribes en esa lengua de padres para que los españoles no puedan leerlo?— pregunte con toda seriedad al padre.

— Vamos hijo, salgamos a fumar un poco de tabaco — dijo el pare levantándose de su silla, tranquilo y extendiendo su mano hacia afuera, invitándome a acompañarlo y dejando mi pregunta en el aire.

Me quedé pensando que si los padres esconden cosas de los españoles en sus escrituras es porque tienen secretos, y si los padres no confían en los españoles, como nosotros, quizás es porque entre ellos mismos hay cosas más allá de lo que miramos. No entiendo porque pero aquel detalle se quedó en mi cabeza y creo que nunca lo olvidaré.

Afuera el padre encendió el tabaco en su pipa, y yo saque la mía de entre la pequeña bolsa de piel de venado que llevo amarrada a mi cintura, el padre me dio un poco de tabaco para poner en mi pipa y tomando una braza de la fogata de afuera el *paar* encendió su tabaco y el humo empezó a volar hacia arriba, ahí mismo sobre nosotros, el aire apenas corría esa tarde y el sol se estaba metiendo, el cielo parecía incendiarse sobre el valle cerca de nosotros.

El padre Gilg, contemplaba el atardecer y se miraba tranquilo, parecía que sus preocupaciones quedaron sobre la tinta y papel que había dejado dentro de la ramada.

ANIMALES AL PÓPULO

Un día cuando recién había salido el sol, muy temprano pude ver a lo lejos la silueta de un religioso como el padre Gilg, que se aproximaba lentamente al campamento montado en su caballo oscuro, tras de él un montón de animales caminaban amarrados unos con otros, eran muchos caballos y vacas, desde lejos podía a contar al menos unos treinta caballos y poco más de treinta vacas. Otros indios venían a los lados de los animales también montando, sabía que algunos eran yaquis el cabello en sus cabezas, aunque algunos traían sombreros. Con lentitud los jinetes asoleados se tambaleaban de un lado a otro sobre sus animales, mientras aquella larga línea de pesadas bestias de muchos colores entre blanco, café y negro avanzaban lentamente hacia donde nosotros estábamos.

Los animales que recién llegaron, eran esos que tienen las orejas a los lados de la cabeza, su enorme nariz con dos grandes agujeros por donde respira y esos ojos grandes, redondos y llorosos, se veían animales muy tranquilos, parecía que no les importaba la presencia nuestra. Sus cuerpos eran enormes como nada que hubiéramos visto antes, el venado más grande que hubiéramos mirado en nuestras vidas no le llegaba a la corpulencia de estas bestias, la cabeza hasta parecía pequeña comparado con el resto de su cuerpo, mucha carne y musculo en la parte de enfrente cargadas por unas delgadas patas delanteras, una panza grande y redonda en el medio, con mucha carne, musculo sobre fuertes y gruesas patas traseras, con una cola que caía hacia atrás pero sin llegar al suelo. Era un animal que solo con mirarlo se podía sentir su enorme peso que se notaba más con lo lento de sus movimientos.

Salí corriendo a avisar a los demás hombres del campamento, todos tomaron los arcos en las manos por precaución, aunque no parecían una amenaza, era mejor estar preparados. Dos de nosotros subieron el pequeño cerro cerca del campamento para ver los movimientos de los hombres y animales que se aproximaban.

El resto los esperábamos en el punto por donde llegarían a nosotros por la orilla del rio, mientras yo fui a advertir al padre lo que sucedía.

El padre salió con nosotros hasta donde

estábamos adelantándose a pie para encontrarse con el religioso que venía al frente.

—No viene ningún soldado— nos gritó el joven *Hesam* desde lo alto del pequeño cerro, pero se quedaron para seguir observando desde ahí.

Al irse aproximando los hombres yaquis se volvieron un grupo más compacto, y siguieron avanzando juntos detrás del padre que los guiaba con los animales. El viejo religioso levantó desde lejos el palo largo con la cruz que traía al saberse observado por nosotros.

Era el padre Antonio de Rojas, lo conozco porque ha venido otras ocasiones a ver al padre Gilg, es el que llaman padre rector, a veces también ha venido el otro padre que llaman visitador.

—Benditos los ojos que lo miran padre— dijo el viejo padre Rojas, al tener a la vista al padre Gilg, mientras descendían del caballo.

—que gran gusto verlo padre rector— contestó el padre Gilg, mientras le besaba la mano inmediatamente al bajar del caballo.

—Estos hombres son indios yaquis, son cristianos, todos vienen desde el rio de su tierra en la misión de Belem para acompañarme a dejarle estos animales para su misión padre Gilg— decía el padre rector mientras los yaquis besaron uno a uno la mano del padre Gilg, que les devolvía el gesto con el símbolo de la cruz con su mano en el aire hacia ellos.

—Adelante padre, adelante hijos— dijo el padre Gilg.

Los recién llegados yaquis, se detuvieron ante nosotros y nos dieron del tabaco que traían, algunas carnes secas, hierbas y una flecha de las que traían en su bolsa a sus espaldas. Nosotros rápidamente les dimos una de las nuestras, collares de concha de mar que traíamos puestos y les invitamos al campamento para darles comida. Nos dimos la mano apretando nuestros brazos con respeto mirándonos a los ojos.

—*Oyacj* Seris— dijo uno de los hombres yaquis, diciéndonos hermanos seris en nuestra lengua.

—*Oyacalcam Yequim*— Contesté yo en nuestra lengua, diciéndoles hermano yaquis.

Ellos nos dieron uno de sus arcos en señal de respeto y de ponerse en desventaja de combate, era su líder un joven hombre que se veía de mi tiempo de vida o quizá un poco menor, pero con gran respeto y fuerza. Aceptamos el arco que nos dieron y lo tomamos con nosotros mientras caminamos al campamento.

Donde *Hesam* se había adelantado y tenía un cuarto trasero de venado para ellos y los llevamos hasta la fogata, para escucharlos. Así pasamos el resto del día comiendo, riendo, sin entender gran cosa pero animados de ver a estos *xiica comcaac cmis, los yequim*, otra gente que no son como nosotros pero son vecinos de este mundo nuestro, esos a los que los españoles llaman indios, como a nosotros también, esos a los que llaman los yaquis hasta que llegó la hora de su partida de regreso a su rio al a varios días de camino.

Los animales que recién habían traído fueron puestos dentro de ese cerco de maderas que el padre se había apurado en construir tiempo atrás, ahora lo entiendo, se estaba preparando para esto, a pesar de que el padre siempre se quejaba de los árboles y lo escaso de maderas como él quería, había logrado hacer su corral.

Los palos más elevados del corral llegaban un poco más arriba que los ojos de las vacas, a nosotros nos quedaban apenas por debajo del pecho. Las ovejas podían asomar la cabeza para fuera del corral pero no podían sacar el cuerpo.

Nosotros vimos todo aquello con mucha curiosidad, sucedió tan rápido que parecía que los sus sonidos y olores eran algo que hacía del campamento algo distinto desde entonces. Muchos teníamos ganas de matar sus vacas, desde hacía tiempo muchos de nosotros habíamos probado su carne pero los españoles se enojan y hacen la guerra a la gente cuando cazamos los animales que dejan sueltos por ahí, como si fueran suyos.

EL VIAJE A LA COSTA

El tiempo había llegado, para nosotros la comida comenzaba a ser más difícil de conseguir en los alrededores del campamento en El Pópulo, la comida del padre no era lo que nos gustaría para comer todos los días, faltaba solamente una luna para que las pitayas de los saguaros estuvieran listas para comer cerca del mar, las tunas de las tierras planas también, las vainas de los árboles del desierto también, el tiempo de las lluvias estaba cerca y el agua sería menos difícil de conseguir, así que como cada doce lunes decidimos irnos de la tierra de los ríos para reunirnos con las familias de la costa, cerca del mar y algunas de la isla.

El padre no lo sabía aun, pero para nosotros el tiempo estaba cerca, una de esas tardes nos reunimos los hombres del campamento, hablamos por horas.

— Los venados se han alejado últimamente— dijo *Hesam*, el más joven entre nosotros.

— *He hapa hi*— dijimos casi todos en voz baja mientras encendíamos un poco de tabaco del que me había dado el padre, la pipa daba vueltas entre todos los que queríamos fumar un poco de *apis*.

— Los campamentos cerca del mar se están poniendo mejor— dije a los demás, mientras volteábamos al oeste señalando el camino que seguiríamos.

— Tenemos que tener cuidado con los soldados y con los pimas, andan juntos por los caminos y los montes, si nos ven nos pueden atacar— dijo *Zap*, adulto cazador de los campamentos vecinos.

— Sí, tenemos que tener cuidado— les dije yo.

Ese día quedamos de acuerdo en salir al amanecer al siguiente día, llevaríamos solamente lo necesario y dejaríamos algunas cosas enterradas en ollas, bajo el suelo en el campamento.

Esa tarde comíamos un poco de pan asado que hicieron mi esposa y otras señoras con harina de mezquite, tostadas al fuego, con un poco de miel de abeja, mientras tomábamos agua. El padre llegó a donde nosotros estábamos y nos trajo un poco de una bebida que nunca habíamos visto, y el olor era único, muchos de nosotros jamás había percibido un aroma como el que salía de la olla de barro, la bebida tiene buen sabor a muchos nos gustó, era eso que los españoles llamaban chocolate.

Después de comer hablé con el padre para decirle que nos iríamos todos al día siguiente.

—¿Por qué piensan irse?, tenemos todo en el pueblo agua y los animales están creciendo, no tenemos buena siembra aun pero tenemos un poco de comida, si trabajamos todos juntos podemos tener maíz y harina, hasta podemos matar alguna oveja para comer de vez en cuando— dijo el padre.

— No hay comida de la que nosotros comemos, nos tenemos que ir— le dije al padre.

—A la gente no le gusta la carne de las ovejas y los chivos— agregué.

— ¿Nadie se va a quedar? — preguntó el padre con rostro molesto.

—No, nadie— le dije.

— Entonces iré con ustedes— dijo el padre, muy decidido. Debo admitir que me sorprendió bastante sus últimas palabras.

—Nos vamos al amanecer— fue lo último que dije, mientras me levantaba para volver con mi familia para preparar mi arco y mis flechas, y las otras cosas que llevaríamos.

Mi hijo estaba feliz desde que mi esposa le dijo que iríamos con rumbo al mar siguiendo al sol, el apenas recuerda la playa, casi no vamos para allá, pero le gusta mucho.

Desde mi lugar pude ver una vela encendida en la ramada del padre, se veía su silueta, sentado en la silla envuelto en su traje negro apenas iluminado con la luz débil de la vela sobre la mesa mientras escribía con el cuerpo inclinado sobre la mesa mientras su tintero y su pluma llenaban de letras una hoja tras otra. Yo fui de nuevo lleno de curiosidad por ver eso que letras.

— ¿Qué haces padre?— pregunté desde la entrada de su ramada.

—Dejo una nota por si viene algún otro padre a buscarnos, para que sepa que fui con ustedes— dijo el padre volteando a mirarme mientras ponía una última mancha de tinta al final de sus letras.

— ¿Puedes hacer eso con tus letras? — le pregunté al religioso.

— Sí, mis palabras están puestas aquí, así funciona y alguien más sabrá que estamos bien y que fuimos a un viaje— dijo el padre.

A la mañana siguiente antes de la salida del sol todos salimos del campamento, éramos unas treinta personas entre mujeres viejos y niños caminando, algunos llevábamos cargando ollas con agua del rio que estábamos dejando atrás, algunos traíamos unas pocas cosas en atados de pieles en las manos, y los niños caminaban entre nosotros tanto como podrían, mientras algunas mujeres caminaban con sus bebes en brazos, así veíamos nuestras propias sombras proyectándose por delante de nosotros como indicando hacia donde debíamos ir.

VIEJOS CAMINANDO HACIA EL MAR

Vi al anciano del campamento y a los demás de su edad, que apenas podían moverse, sus pasos eran muy cortos, sus cuerpos avanzaban como siempre con mucha lentitud, algunos temblaban al andar en cada paso por su edad, sus miradas se perdían intentando ponerse un poco más adelante de ellos mismos, pero sus ojos volvían constantemente para ver tan solo delante de sus propios pies.

En la mayoría de ellos sus manos apoyaban su andar sosteniendo el peso de sus cuerpos en un bastón de madera o una rama seca de un árbol, pero no los dejábamos atrás, nosotros continuábamos con ellos, únicamente los más jóvenes caminaban a su ritmo por delante del resto de nosotros y nos esperaban mucho más adelante tomando breves descansos sentados o acostados a la sombra de árboles de mezquite.

Después de mucho andar y mostrando una fortaleza impresionante, donde había sombras los más viejos se detenían un momento por un pequeño trago de agua y para sentarse a descansar un poco, cada vez les costaba mucho más esfuerzo seguir hacia adelante, nosotros sabíamos que esas eran sus últimas caminatas con nosotros y que en poco tiempo no podrían seguir nuestros pasos, pero aun así sacaban fuerzas de su interior para poder continuar el viaje, las ganas de ver el mar y ver a los demás que viven cerca del mar o a su familia de la isla, las ganas de comer caguama y pescados junto al sonido de las olas y pisar las arenas de la playa les daba la fuerza necesaria para cada uno de sus próximos pasos.

Yo conocía a varios de los más viejos, ellos ya estaban viejos cuando yo apenas era un niño, muchos de ellos vieron a mi padre nacer, me vieron a mi nacer y crecer, conocían el principio mi propia vida, ellos conocieron gente nuestra que ya no está entre nosotros por las guerras, y escucharon de sus propios abuelos de tiempos mucho más lejanos de lo que ellos o nosotros hemos vivido.

Ahora llevan sobre el cuerpo las cicatrices de combates que ni siquiera imaginamos, conocen nuestra historia y han viajado por todo el territorio, sus pies lo han pisado casi todo y algunos de ellos se han mojado con el mar de lugares tan lejanos como las islas y la tierra más allá del mar hacia donde se mete el sol en *Hant Ihíin*, esa que los españoles llaman extrañamente California y que he escuchado que creen que es una isla, pero qué saben ellos, algunos de estos viejos tienen ya unos cien tiempos posiblemente un poco más otros un poco menos, han vivido tres veces más que muchos de nosotros, los que ya tenemos hijos.

Caminábamos todos en grupos pequeños pero unidos hacia el atardecer que en esos momentos llegaba a su fin, los cerros y todos nosotros nos convertimos en siluetas negras envueltas en lo último del cielo azul de la noche que llegaba, mientras una delgada línea anaranjada de luz del color del fuego, se negaba a irse en el horizonte, y en cada paso que dábamos los ocotillos a nuestro alrededor parecían negros rayos que salían de la tierra buscando elevarse hacia el cielo.

En los breves descansos el padre Gilg amarra su caballo a los arboles de mezquite que estaban a nuestro alrededor, el animal comía de los escasos parches de pastos naturales que nosotros llamamos *Coné*. El padre le daba un poco del agua que traía consigo cada día y se veía que le preocupaba que entre más nos acercábamos a la playa el agua se volvía más escasa.

Seguíamos caminando todos juntos con rumbo al atardecer, nuestras pisadas seguían con instintiva disciplina las cicatrices en el suelo que dejaron con el paso del tiempo los arroyos que corrieron llevando el agua al mar en cada tiempo de lluvias, pero por ahora eran solo arena bajo nuestros pies.

A los lados de nuestro sendero invisible se levantaba majestuoso el gran bosque de mezquites, palo fierros y los árboles que nosotros llamamos *tis*, lleno de espinas, con el alma tan dura como el palo fierro del que nosotros hacemos los más poderosos arcos que tenemos, que el padre alguna vez dijo que era parecidas a la espina de una planta que los extranjeros llaman rosal, pero nosotros no la conocemos, solamente nos dijo que era una pequeña planta con la flor más hermosa que conoce.

El bosque era enorme mucha gente de nosotros habita en estos lugares por largos tiempos, a ellos a veces les llamamos los *tis cyeno comcaac*, la mayoría de ellos deben estar ya en la costa, mientras poco a poco la gente empieza a reunirse cerca del mar, rodeados del desierto y los bosques de saguaros que ya abren sus flores para nosotros poder comer sus frutos en la próxima luna.

Conforme seguíamos avanzando los arboles de mesquite y palo blanco parecía que dejaban de abrasarnos, el sol era más intenso, y las plantas que nos rodeaban ahora difícilmente eran más altas que nuestras rodillas, la arena se veía en pequeños parches vacíos alrededor y adelante de nosotros, pequeños arbustos y plantitas de las que crecen en aguas regadas por el mar, y en medio de la sal nos rodeaban ya, en estas tierras no existe una sola sombra que no sea de saguaro o de las delgadas varas de los espinosos ocotillos, estábamos ahora llegando al estero estábamos llegando a *Soosni itaa*. De este paisaje diferente, tan plano, tan despejado teníamos ahora un poco menos de un día de camino hasta nuestro destino junto al mar.

Teníamos ya días moviéndonos al ritmo que podíamos, por los viejos y las mujeres con niños en brazos, a veces las demás mujeres les ayudaban a caminar y cargando a los más pequeños, nos deteníamos en campamentos temporales para comer algo o descansar a la sombra, hasta que recuperen fuerza los más pequeños. Los hombres nos movíamos a los alrededores buscando algo que cazar, regresábamos con algunas liebres, a veces en los alrededores las mujeres encontraban tortugas del desierto, recolectaban de las plantas todo lo que encontraban para comer, y bebíamos del agua que aún traíamos en las ollas de barro, cuando casi se terminaba el agua algunos salíamos a los arroyos o a los cerros cercanos por una poca de agua. Todos los días avanzábamos hacia el donde el sol se esconde en las primeras horas del día, descansábamos al mediodía y seguíamos avanzando al caer la tarde.

El padre caminaba por detrás de nosotros montando su caballo y traía amarradas tres animales chiquitos peludos de los que él llamaba chivos, que venían amarrados al caballo. Sobre el caballo traía dos bultos con sus cosas y algunas provisiones. Se movía junto con nosotros a veces bajaba del caballo para caminar a un lado de nosotros.

DIBUJO

A todos nos daba curiosidad como el hombre de mantas negras se sentaba bajo la sombra de algún saguaro en algunos momentos y se ponía a dibujar con su tinta sobre las hojas de papel. En uno de esos descansos breves, el padre se sentó frente a nosotros bajo la sombra incompleta de los brazos de un saguaro, habíamos descansado ahí durante las horas más calientes del día, el padre tenía ese montón pesado de hojas que llama libro, que siempre trae consigo, con cubiertas en cuero, él le dice santa biblia, sobre ella tenía una hoja de papel de las que usaba para escribir, en la que estaba dibujando con su pluma y por un lado tenia el tintero, no sabíamos que estaba haciendo pero así estuvo por algunos minutos, a veces levantaba su mirada por un momento hacia nosotros.

Me acerque con él, para ver que hacía en el papel, y lo que tuve frente a mí me dejó asombrado.

— ¿Qué te parece? — Me dijo el padre, que extendía la hoja hacia mis manos cuando estuve sentado a su lado.

Las líneas de tinta sobre el papel formaban la figura de cuatro personas, una biznaga y un saguaro con pitayas de los que recién habíamos pasado al andar.

Era mi familia caminando, al frente estaba yo con mi penacho de madera, *hehe hamasij*, con mi bolsa de flechas sobre la espalda, con mi collar, mi cuchillo de piedra amarrado en el brazo izquierdo, en esa misma mano sostenía mi arco. En la imagen que el padre hizo con tinta y su propia mano, podía ver sobre mi cintura la piel que llevo puesta que cubre mi sexo, hasta los huaraches de piel de venado que traía en los pies, mientras cargaba sobre los hombros un *pen* con dos ollas con agua. Casi podría jurar que en mi nariz se alcanza a ver mi *Ineemj*, la perforación que tengo en la nariz.

Yo me quede cautivado por las formas de la tinta sobre el papel, nunca había tenido algo así en las manos, o ante mis ojos, nosotros lo habíamos hecho con carbón sobre piedras y maderas pero nunca había visto nada así sobre papel y con tinta, la habilidad del padre era impresionante.

En la imagen después de mi estaba mi tío *Zaj*, parecía como si estuviéramos caminando todos, se veía muy real. Él recién había conseguido matar una serpiente de cascabel tan solo unos metros atrás y la traía atravesada con una de sus flechas para comerla más tarde, la serpiente aún se movía retorciéndose y hasta eso parece haber quedado en la imagen que el padre había hecho, mi tío traía su larga trenza enrollada alrededor de su cabeza, sus dos plumas de águila pescadora sobre su cabeza, sus largos collares que le daban varias vueltas sobre su cuello, se veía en su brazo izquierdo al igual que yo su cuchillo de piedra amarrado, las protecciones de piel de venado en sus muñecas, su piel de zorro que lo cubre de la cintura y sus huaraches en los pies. Me impresionó bastante la flecha en manos de mi tío, el padre había podido hacer que la punta, la madera, el carrizo y hasta las plumas se vieran con mucho detalle.

Poco detrás de nosotros el padre hizo la imagen de mi esposa, sobre su cabeza traía su canasta de torote, con alguna de nuestras cosas y unas pitayas que habíamos cortado en el camino, el padre pudo hacer la perforación en la nariz de mi esposa. En la imagen que el padre hizo el cabello de mi mujer caía sobre sus hombros, bajo el brazo traía las pieles en las que dormimos. El padre pudo hacer las líneas que se forman en la piel de su falda que cubre su cuerpo de la cintura para abajo, y se ve uno de sus pies con un huarache de piel de venado, con una mano va tomando de la mano a nuestro hijo *Hasoj Ctam* que también pudo dibujar con su tinta, con sus plumas sobre la cabeza, con la manta de piel que lo cubre, su pequeño arco en su mano izquierda y sus huaraches de piel de venado.

A nuestros pies estaba una de las biznagas de las que encontrábamos mientras más nos acercábamos al mar, podía ver en ella las espinas y en el dibujo el padre hizo uno de los saguaros con pitahayas sobre sus brazos, que en este tiempo algunas se están poniendo maduras para nosotros poderlas comer, tiempo que esperamos con mucha ansiedad.

No lo podía creer no sé por Ocuánto tiempo estuve ahí perdido en mí mismo, mirando aquella imagen que el padre había conseguido hacer, pero me quedé atrapado en ella por algo de tiempo, mis ojos iban de un detalle a otro, era algo que nunca había visto antes y ver a mi familia en el dibujo me hizo sentir que era algo importante.

Le hablé a mi esposa para que viniera rápido a mirar conmigo, también a mi tío, y con ellos vino también mi hijo.

— *Xaziim ha*— repetía una y otra vez *Iizax,* mi esposa, diciendo que era algo bonito.

Mi tío confirmaba todo lo que mi esposa decía con un tono más seco pero igual con asombro. Mientras mi hijo no quería dejar de mirar el papel.

— Mamá ese soy yo — dijo varias veces.

—sí, somos nosotros— dijo su madre.

—Es un dibujo, así se llaman— dijo el padre.

—Dibujo— Repetí en su lengua con voz baja mientras guardaba la nueva palabra en mi mente.

— Haré una copia un día y te daré uno para que lo tengas— me dijo el padre, aunque yo no entendí que quería decir con una copia.

—¿Qué dice aquí?— le pregunte poniendo el dedo sobre las letras que había en el dibujo arriba de nosotros.

—Dice: *Seris Gentiles*— contestó el padre.

—Seris les llaman a ustedes, Gentiles quiere decir que aún no son cristianos— me explicó el padre Gilg.

Rápidamente el tiempo del descanso había terminado teníamos que seguir moviéndonos, no podía sacar de mi mente las formas que el padre hizo con la tinta, al levantarnos y seguir caminando era como si el dibujo hubiera capturado lo que estábamos haciendo ese día.

En mi cabeza rebotaba esa palabra que los viejos usan desde cuando decían *Hanol cöhapaspoj*, o también *Hapaspoj* como le decimos nosotros a eso que hizo el padre, un dibujo.

Seri Gentiles.

PITAYAS

Imam

La luna estaba ahí esa noche, nos había alcanzado en ese andar hacia el mar, la mirábamos enorme y redonda, se apreciaba con tanta claridad, maravillosamente blanca y radiante, con sus machas grises en el cielo sobre todos nosotros. Esa noche se miraba enorme desde el momento de salir entre montañas por el mismo rumbo que el sol, conforme la noche avanzaba se veía cada vez más pequeña en lo más alto. La luz tenue y fría de la luna nos ilumina muy bien esas noches, parece pelear con fuerza para apartar la oscuridad de nosotros sin conseguirlo por completo, a mí siempre me ha parecido que hace brillar las arenas con gran fuerza, hace brillar el mar donde se refleja, mientras seguía viajando por todo el cielo, lo hace lentamente, en ese silencioso movimiento que la lleva hasta el final de su camino cada noche, en que la vemos irse.

Los sonidos de las aves se escuchan sin detenerse desde la salida del sol, mientras el viento sopla suave y la brisa se mueve cubriendo todo el paisaje con una sutil cortina transparente de humedad, que a lo lejos volvía los cerros de la isla más difusos, sus colores más débiles, mientras las ramas de los arboles sin hojas y llenos de espinas se mueven de un lado a otro con cierta calma al ritmo del viento.

Una de esas noches junto al mar en el tiempo nuevo, soplaba el aire fresco, casi helado desde el Sur que a su paso se llevaba consigo la humedad de la brisa que todo el día nos cubrió, los *coplim*, las aves de la noche con manchas en las alas se la pasaron volando sobre nosotros en medio de ese gentil viento del Sur mientras casaban insectos sin descanso, decenas de esas aves se movían uno tras de otro en rápidas maniobras con sus pansas iluminadas por nuestras fogatas.

Cuando nosotros esperábamos la siguiente luna, la del tiempo nuevo, ese tiempo de la abundancia de todo en el desierto y el mar, ese que a veces parece un nuevo principio que hace que el tiempo complete un círculo que se encuentra a si mismo mientras nuestra vida se mueve de alguna forma y crecemos. Esa precisa noche sentíamos que el cielo se volvía fuego sobre nosotros por un largo momento, los últimos rayos del sol dieron todo su brillo con gran fuerza, como el corazón del fuego mismo incendiando las pocas nubes y delgadas nubes que había, esas que apenas dejaban ver solo un poco de un débil color azul mientras nosotros nos volvíamos oscuras sombras vivientes junto con el resto de todo lo que nos rodeaba. El fuego se fue extinguiendo sobre nosotros dando paso a la intensa oscuridad de la noche.

Mientras avanzábamos al mar a nuestro alrededor muchos saguaros tenían en lo alto muchas bolas amarillas y peludas, que parecían formar una corona de frutas de saguaro, *Imam* como nosotros las llamamos, algunas de ellas ya estaban abriéndose. Cada saguaro tenía ya dos o más pitahayas abiertas que enseñaban su deliciosa pulpa y semillas de color rosa y rojo a nuestra gente, ya los murciélagos que en las noches no dejarían pasar la oportunidad de comer la fruta que han esperado tanto como nosotros.

Las mujeres andaban ya preparadas con largos palos con un triángulo invertido de madera que tallábamos con nuestros cuchillos en la punta, que servía de base para una gran espina tallada en madera que usaban para alcanzar las frutas.

Las mujeres bajaban *imam* una tras otra paradas al pie de los saguaros y las ponían en los enormes platos de fibra de toróte que llevaban consigo, moviéndose en grupos de dos o tres mujeres entre las mayores y las más jóvenes, recolectando sin detenerse, contentas, entre risas y platicas, de vez en cuando comían alguna recién bajada en un breve descanso para después ponerse las los enormes platos tejidos en la cabeza y caminar con rumbo al siguiente saguaro para seguir cortando hasta llenar el plato. La vista de las mujeres se concentraba solo en las frutas pero el desierto a su alrededor los cerros y las demás plantas parecían testigos sin voz que no dejaban de mirarlas mientras ellas recolectaban *Imam*, a mí siempre me ha parecido que el desierto entero las sigue con la vista cada vez que lo hacen.

Estas eran apenas los primeros frutos y nuestra gente las esperaba con ansias, el tiempo se sigue moviendo hacia adelante, los tiempos llegan y las frutas parecen haberse sincronizado con los vientos que soplan desde el Sur que estarán con nosotros desde ahora hasta durante el tiempo caliente.

Mientras las vainas de las semillas del árbol *ziipxöl* que habíamos estado comiendo, tiernas verdes y dulces tan solo unas lunas atrás ya no estaban suaves para seguirlas comiendo, las vainas se habían secado con el calor rápidamente pegadas a las ramas del árbol que los que vienen de otras tierras comienzan a llamar palo verde, las semillas se han puesto oscuras en su interior y ahora están endurecidas, nadie de nosotros las está comiendo ya.

Cuando el calor comenzó a ser más fuerte, algunos días en las tardes la brisa llenaba el ambiente a nuestro alrededor, una de esas tardes la humedad que parece humo que viene del mar lo cubría todo, era tan intenso que en todo un día no vimos el sol directamente, nos cubría una manta gris y no podíamos ver ni siquiera los cerros a lo lejos, la brisa parecía salir del mismo mar y perderse en el cielo entero. Aunque mirábamos hacia el atardecer las nubes de brisa lo cubrían todo, el horizonte parecía haber desaparecido ante nosotros.

De repente en el campamento un alboroto de gritos de mujeres, y hombres se escuchó rompiendo nuestro descanso.

—Ahí va, ahí está— decían las personas en la ramada de *Hesam* repetidas veces y con voz de alarma. Yo no sabía que sucedía, me levante corriendo y salí hacia el campamento de *Hesam*, desde los ataque de los pimas, en un instante todos los hombres estábamos con arcos y flechas listas al pie de la ramada donde la familia parecía necesitar ayuda, ninguno sabíamos que ocurría.

—Ahí va, ahí va— Dijo el joven *Hesam*, señalando con su dedo mientras se alumbraba con una antorcha improvisada con un palo que aun ardía en un extremo que tomó de la fogata de su familia.

La figura de una serpiente con el cuerpo de lleno de delgados anillos amarillos, negro, amarillo seguidos de un grueso anillo de color rojo, a pesar de la oscuridad a la luz del fuego los colores eran tan vivos y su piel con un reflejo que la hacía parecer que tenía la escamosa piel mojada.

La serpiente se movía con velocidad hasta meterse en las pieles donde los niños habían estado durmiendo. Sintieron el movimiento del animal y salieron todos los cinco habitantes de la ramada y eso era lo que tenía alarmados a todos.

Mujeres y niños se alejaron del lugar, el resto de nosotros con palos en la mano estábamos atentos para golpear el animal mientras *Hesam* quitaba con cuidado con una vara la piel tendida de los niños donde el animal se había ocultado.

Cuando el animal estuvo a la vista le dimos varios golpes con palos, hasta que quedó retorciéndose, inmóvil en el lugar, con el abdomen roto y parte de sus intestinos asomándose, mientras la pequeña cabeza y la delgada cola aún se movían agresivamente, con el filoso pedernal de una flecha, uno de nosotros termino con el movimiento y la vida del animal cortando en su cabeza hasta que se escuchó el tronar del impacto. Con la misma flecha tomamos el animal para lanzarlo al monte de aun lado, lejos de nosotros para que las hormigas que lo devoren en poco tiempo no estén cerca de nosotros.

Esta vez ninguno de nosotros fue mordido pero varios de nosotros y sobre todo niños han muerto antes por el veneno de esta pequeña pero mortal serpiente de colores, medio día o un día después de la mordedura no podemos respirar, dicen que se ven las cosas dos veces, y en poco tiempo la gente muere. Este es el tiempo en que las serpientes se mueven más por todas partes y debemos cuidar a nuestros hijos pequeños.

Desde entonces cada mañana las mujeres mayores y jóvenes se van al monte, rodeadas de todos los niños del campamento, y de media docena de perros, llevaban en sus manos largos palos para cortar *imam.* Por la tarde cuando el sol ya había recorrido el cielo, regresaron las mujeres y los niños, con muchas pitahayas para comer entre todos.

Arrancábamos la piel rota de la fruta, clavando nuestros dedos con cuidado de las largas espinas que cuidan esa pulpa jugosa brillante rojo carmesí y rosa, que dejaba ver las diminutas semillas como puntitos en la carne de la fruta.

Todos estábamos alrededor de ellas, el padre se acercó se sentó a nuestro lado, y las mujeres le extendieron la canasta para que tomará algunas frutas de saguaro para comer.

—*Insihit Cmaacoj, Imam* — decían las mujeres mientras todos comíamos a su alrededor, por lo que no necesitaba que le dijeran como limpiarla, era un hombre observador y repetía con habilidad lo que todos hacíamos arrancando primero las espinas con un pequeño palo de madera, luego abriendo la cascara, llenando sus dedos de color rojo con el jugo espeso de la fruta que parecía una delgada sangre que escurría en las manos y se metía en la piel de los dedos volviéndolos rojos.

Cuando el padre tuvo su primera *imam* pelada, contemplaba la pulpa por unos segundos a la altura de sus ojos, la olfateaba brevemente, y la llevó a su boca, un sonido de placer salía del padre en cada escurridizo bocado, en poco tiempo su boca como la de todos nosotros se entintó de rojo hasta ocultar lo blanco de los dientes, una tras otra comía el padre con unas ganas que no se detenían.

Comió hasta quedar lleno, — Himamas— dijo el padre y todos nos soltamos riendo en una gran carcajada.

—*imam*— dijo una de las señoras corrigiendo al padre.

Sí, eso mismo —Himamas, muchas *imam*— ninguno entendimos nos reímos de nuevo, el padre sin limpiar sus dedos sacó su hoja de papel, fue por su tintero, y ahí sentado junto a nosotros comiendo pitayas escribía algo brevemente para después volver a comer algunas frutas más con nosotros.

Aquel había sido solo uno de los muchos días que tendríamos comiendo *imam* cerca del mar.

TIEMPO NUEVO

La tarde caía hacia el Oeste, el sol había perdido su fuerza de calor, solamente quedaba su tenue luz que se asomaba detrás de alargadas y delgadas nubes que en partes se veían oscuras y en otras dejaban al sol mostrar su brillo por última ocasión antes de dar paso a la noche. Miramos aquel cielo tocando al final de nuestra vista al mar, compartiendo los colores y que si no fuera por unas cuantas olas pequeñas que llegaban una tras de otra con absoluta calma a la orilla donde estábamos, pareciera que el atardecer estaba deteniendo todo hasta el tiempo mismo, el viento estaba ausente pero no sentíamos calor ya, el frio de la noche llegaba poco a poco a nuestro campamento y las arenas parecían un mar de diminutos granos de rocas finas de un color prestado por el atardecer.

Teníamos tanta calma y paz que ni siquiera parecía que existían tantas amenazas ahí afuera contra nuestra gente, que sería de nosotros sin todo esto, que sería de nuestra gente sin momentos como este, aquella paz, aquella calma era algo por lo que valía la pena dar la vida por mantener siempre, todo aquello era nuestro mundo y nos pertenecía.

Con la caída de la tarde los cerros que veíamos por donde sale el sol se habían coloreado casi por completo de un tono rosa, a lo lejos los mirábamos como si estuvieran quemados por los últimos rayos del sol mientras al otro lado, por donde el sol estaba por ocultarse, las montañas de toda la isla se volvieron unas majestuosas y extensas sombras profundamente oscuras, mientras nosotros en no podíamos hacer más que existir en medio de aquello, junto al mar que cada tarde se movía como un poderoso pero sereno rio con rumbo al Sur, siguiendo al viento. Estábamos en medio de dos enormes barreras de montañas de dos increíbles colores.

Con la llegada del tiempo caliente, las pitayas se abrieron para nosotros en el desierto, pero también llegaron las flores del palo fierro, nuestra gente las recogía por igual, en el mar los pastos marinos que crecen bajo el agua salada se desprendían el fondo del mar y llegaban con un delicioso regalo para que las mujeres y niños las recogieran para llevarlos playa arriba lejos del agua que las ha mojado toda su existencia, a secarse poco a poco con el calor del sol.

Mientras en todos los campamentos los

insectos aparecían uno tras otro en diferentes momentos, arañas viuda negra de la que nosotros llamamos *Coopol,* eran negras como la más profunda oscuridad y tan mortales que eran capaces de quitarnos la vida con solo dejarnos morder por ellas. Amarillos, anaranjados y pequeños alacranes capaces de matar a nuestros niños en pocas horas y de hacernos sufrir mucho a los adultos si es que no llegan a quitarnos la vida con un solo golpe de su mortal cola, hormigas pequeñas y dolorosas como el fuego se movían por cientos o miles cerca de nosotros en todas partes reclamando su tierra, hormigas grandes caminan seguras con sus pieles rígidas bajo nuestros pies.

Las moscas estaban presentes en cantidades increíbles a veces, se movían como sombras que zumban pareciendo pelear y vencer con simplemente volar de un punto a otro, en busca de algo muerto en busca de una fruta recién cortada, posándose encima de cualquier cosa con olor, con gran facilidad venciendo al viento caliente venido del Norte.

Los cantos de los pájaros se escuchan con menor constancia, como si dieran paso al cielo para la llegada de las próximas lluvias que no tardan en alcanzarnos, la vida se mueve como nunca en el tiempo, la vida se mueve para nosotros, son tiempos de comida, el agua caída del cielo no debe tardar en mojar nuestro cabello y piel, pero para eso aún falta un poco de tiempo. Una luna posiblemente o menos, mientras los más viejos señalan al Sur y a donde nace el sol contándonos que los más viejos que ellos decían que en estos mismo tiempos el agua de los cielos ya ha llegado en lejanas tierras en esas direcciones donde antes estuvimos, y que esta noche las nubes estarían sobre nosotros.

Veníamos desde tan lejos caminando por incontables que todos estábamos agotados, las fuerzas nos abandonaban, pero ahora nuestro grupo tenía el mar al frente y la gran isla *Tahejcö*, esa que los religiosos llaman extrañamente San Agustín, se veía ante nuestras cansadas miradas una multitud de personas, eran solo siluetas que se movían de un lado a otro en un punto a la distancia junto al mar, se levantaba el humo de las varias fogatas que tenían, estructuras y sombras de ocotillo y ramas estaban rodeando a la multitud era un campamento enorme como pocas veces había visto en mi vida.

—Nunca había visto tantos *Comcaac*— dijo mi esposa.

Cientos de nosotros, muchos cientos de personas quizá miles, hombres, mujeres, viejos jóvenes y niños fundidos en una sola voz que decía de todo y nada se entendía a lo lejos, con sonrisas y carcajadas que de repente explotaban reflejando mucha alegría, cantos, fuertes cantos, los más viejos parecía que querían arrebatar todo espacio con la potencia de su voz envolviéndonos a todos al compás de los pies y los cascabeles de los pies de los danzantes. Era una gran celebración, había mucha felicidad, el cansancio parecía haber quedado ahí, en el lugar en que pudimos darnos cuenta que al fin estábamos en nuestro destino.

Por un momento olvidé que el padre Gil existía y que estaba con nosotros, cuando voltee a mirarlo me di cuenta que estaba absolutamente asombrado tanto que había dejado caminar y se había quedado algunas pasos detrás de nosotros. Cuando despertó de su asombro nos alcanzó con mucho esfuerzo caminando velozmente apoyándose en el palo con la cruz que hizo para este viaje.

—*Comcaac hasoj motat*— dijeron anunciando que los *comcaac* que vivíamos en los ríos hacia donde el sol nacía estábamos llegando. Así entre sus gritos de alegría, jubilo y sonrisas fuimos recibidos. Un joven nos alcanzó y nos llevó agua, vino de pitayas, pan de harina de mezquite recién quemado, pitayas frescas, mucha comida que tomábamos y comíamos mientras aun nos fundíamos con ellos, nunca escuche tantas voces celebrar algo, nunca escuche tanta gente alegrarse por mi familia y mi gente.

—Son muchos *comcaac*— dije. Pero al mismo tiempo sabía que hay muchas celebraciones como está sucediendo por toda las costas y hasta en varias de las la islas.

—Todos están felices, todos estamos juntos— dijo un joven alegre que evidentemente había tomado ya demasiado vino de pitaya, se notaba en su aliento dulce y exótico, en su mirada vidriosa, en su voz arrastrada y en su caminar tambaleante.

—¿Qué bien andamos no?—Nos preguntó el joven mareado del alcohol de pitayas, colgándose de mí en un abraso que más bien parecía cargar con él, mis compañeros voltean a verme mientras caminaba arrastrado por el joven con una gran sonrisa.

—Sí... que bien andamos— le dije, mientras él afirmaba moviendo la cabeza y mirando hacia el frente.

—Vengan los llevare con el *quihehe*, el jefe de este campamento— nos dijo guiándonos caminando con dificultad entre la gente.

Las mujeres que nos recibían tocaban nuestros hombros, agradeciendo que estamos bien vivos y con ellos. *—Xomsisijc Comcaac quih—* decían las señoras, mientras lágrimas de felicidad caían por encima de sus pinturas faciales y nos abrazaban dejándonos sentir también el aroma del vino de pitaya que habían bebido. El líquido de la pitaya reposado por largo tiempo era la felicidad para beber y pronto nosotros mismos estaríamos así de felices.

Volteando a los lados algunas mujeres estaban de rodillas en la arena escarbando mientras otras más enterraban nuevas varas de ocotillos para hacer más arcos y más ramadas para todos. Veníamos de tan lejos que no traíamos casi nada para compartir con los demás.

En el *pen* sobre nuestros hombros ya únicamente traíamos un poco de carne de venado, pero no teníamos ni una gota de agua para tomar ni compartir con los demás.

A quienes nos estaban recibiendo les entregamos pieles de algunas de las muchas vacas que matamos en la región del Pópulo, les dimos telas de las que nos quedaban de los regalos del padre Kappus en Bacoachi y del padre Gilg.

Decenas de perros caminaban y olfateaban entre los pies de todos nosotros, algunos corrían, otros eran atraídos por el olor de la comida, ellos casi nos decían dónde estaban algunos hombres matando unas caguamas que aun aleteaban junto al mar.

Con el paso del sol hacia su descanso, se dejaba sentir con más fuerza la frescura revitalizante del viento que venia del Sur con una suave pero abundante brisa que a lo lejos hacía que la isla se viera detrás de una película que hacia borroso su paisaje, hasta el mismo sol se difumina entre la cortina de brisa que hacía a las plantas inclinarse al Norte.

Cuando por fin estuvimos ahí con los demás frente a la isla, yo podía recordar que estaba en el centro de las historias de nuestra llegada hace tantos tiempos que nadie puede ni siquiera contarlos ya, ahí estaba aquella pequeña nube sobre *Tahejöc*, y ahora los españoles y el padre mismo poco le dicen más seguido Isla del Tiburón.

La nube en ese momento no era otra cosa que una pequeña mancha blanca estirada en el cielo azul, a plena luz del sol en toda su fuerza sobre la isla y ninguna otra en todo alrededor, ese para nosotros eso era el recordatorio de cuan especial es la isla en esta existencia para nuestra gente.

Con solo verla hasta los más pequeños decíamos el nombre de la nube, *hocax hayá,* que se escuchaba una y otra vez, y mientras los recién llegados hacíamos el campamento junto al mar, algunos trayendo ocotillos para hacer ramadas, las mujeres y los jóvenes cortando arbustos para recubrirlos, y otros más adelantados ya amarrando las ramadas para protegernos del sol cerca del estero, mientras los viejos contaban la historia en voz alta de nuestra gran caminata desde muy lejos con esa nube especial que nos guiaba y acompañaba en el muy antiguo pasado hasta quedarse ahí, donde nosotros la encontramos este día, indicándonos que este es el lugar para nosotros.

Las nubes ahí delante nuestro parecían estar diciéndonos de nuevo que este es el lugar para nosotros en este tiempo también.

Algunas mujeres de los que venían de la isla, le dieron a las mujeres de nuestro grupo algunos peines que hacemos con raíces de las plantas de la costa, firmemente amarrados, bien apretados, vi que algunos de los peines de raíces amarradas que nosotros llamamos *hehe csaii*, llamaba mi atención que cada peine tenia trocitos de telares en el amarre, yo nunca había visto esto, eran diferentes, algún pedazo de tela llegó a manos de la familia que los hizo, otros peines más estaban amarrados con listones de cuero de venado como normalmente los habíamos visto desde siempre. Sin perder ni un solo instante, la mayoría de las mujeres de nuestro grupo y entre ellas mi esposa empezaron a peinar sus largas cabelleras muy contentas.

Un día los niños corrían detrás mi hijo, tres o cuatro niños y tres niñas, andaban detrás de mi hijo, lo rodeaban y veían con curiosidad, extendían las manos, y se reían y jugaban pero no sabíamos que sucedía.

El padre Gilg se acercó a ellos con la misma curiosidad que los niños hasta llegar a mi hijo. —Préstamelo, *he asot*— dijo el padre que veía con curiosidad el animal que mi hijo traía en las manos, y lo cargó con las dos manos llevándolo a la altura de su mirada.

Era un pequeño camaleón del desierto que tenía el aspecto de una lagartija aplastada, con piel rígida llena de espinas y picos, duras, en su cabeza una corona de unas diez gruesas espinas adornaban todo su contorno, con colores y grietas que fácilmente se perdía entre el suelo del desierto bajo nosotros. El animal estaba increíblemente tranquilo, intentaba escapar pero sin hacerlo desesperadamente, las dos fosas de su nariz al frente de su rostro por encima de su gran boca que parecía una sonrisa humana que no se le borra nunca.

Después de contemplarlo el padre se lo devolvió a mi hijo que lo sostuvo con sus dos manos, le dio la espalda al religioso y de unos cuantos brincos volvió a jugar con los demás niños llevando el *hant coaxoj*, con una de las nanas del campamento, una mujer mayor.

—Nosotros lo llamamos Camaleón— Dijo el padre volteando a verme.

—Pero no había visto uno aquí en el desierto— Son extraordinarios dijo el padre.

Mientras al fondo la nana le cantaba a los niños, con la voz más tierna que una mujer puede tener después de sesenta tiempos, su voz eran tan suave como una caricia y llegaba hasta el espíritu de los más pequeños que la escuchaban y bailaban con sus cuerpos a su ritmo.

—Hant coaxoj zeeme quitih, tofmoj tofmoj...—

Mientras los niños le hacían coro con sus voces infantiles intentando cantar junto con la tierna anciana. Si la felicidad se puede mirar, para mi esa era una de sus formas.

En esos días los jóvenes que habían ido de

pesca al mar volvieron del mar con unos pescados alargados, con cara puntiaguda, de boca larga y ojos redondos, plateados como ahora sabíamos que era el color del metal de los españoles, *eenim* como le decimos nosotros, el los peces tenían unas pequeñísimas aletas y manchas amarillas recorrían su cuerpo desde la cabeza hasta la cola, eran de esos pescados sin ninguna escama, de suave y deliciosa piel, casi sin espinas, con una carne suave llena de grasa que se vuelve deliciosos líquidos al fuego que nos hacía salivar con solo mirarlos e imaginarla al fuego en poco tiempo.

Una y otra vez los perros tenían más crías entre nuestros campamentos, las familias veíamos las panzas de los animales bajo nuestros pies crecer poco a poco, las hembras con crías adentro se ponían más agresivas a veces y se les veía comer con un hambre cada vez más grande.

Los perros a veces resistían con nosotros las pocas cantidades de agua que hasta con ellos compartíamos para que sobrevivan a nuestro lado.

En poco más de dos o a veces en tres lunas, de las perras nacían en algún lugar de los campamentos donde estábamos varias crías, las hembras que ahora tenían sus múltiples pechos colgando, quedaban muy flacas, se les veían hasta los huesos en las costillas, y tenían la piel colgando, se les notaba agotadas y ahora pasaban gran parte de los días acostadas cobijando a veces hasta siete crías, que lloraban cuando no estaban tomando leche de sus madres.

En poco tiempo los pequeños perros jugaban con nuestros niños, con solo poder caminar entre el campamento las mascotas encontraban un amo, se convertían en los compañeros de aventuras en el monte del desierto y a la orilla del mar, con nuestros hijos, que hacían un increíble vinculo de afecto con todos nosotros, si algo bueno han traído los españoles a este lugar posiblemente sean los perros.

En el pasado algunos de nuestra gente cuentan haber tenido crías de coyotes como compañeros de sus familias, pero desde la llegada de estos nuevos animales con los extranjeros no he sabido que alguien tenga coyotes.

Cuando el sol se ha metido las madres llaman a sus hijos al sus campamentos, yo hago lo mismo, llamando a mi hijo *Hasoj Ctam*, que ahora vuelve con una cría de perro que le han regalado la familia de *Siml,* un pariente que vive en esta costa.

Las familias que estábamos en el campamento, teníamos gran respeto entre nosotros, el padre no podía entender por qué algunos jóvenes y hombres no hablaban con los padres de sus mujeres, nosotros no teníamos como explicárselo, porque simplemente así era.

La mayoría de los jóvenes se comportaban con profundo respeto por sus familias, por sus padres y la conducta de la mayoría de las jóvenes mujeres era ejemplar, hacía mucho que no estábamos entre tantas otras familias, habíamos pasado un largo tiempo por nuestra cuenta en los campamentos cerca del rio.

Los jóvenes y en especial las muchachas de cada familia ponían un esfuerzo grande en tratar de ayudar día a día a sus padres, nosotros podíamos ver en el campamento a muchas de ellas tejiendo desde muy temprano en la mañana, a veces sin descansos tan solo para comer algo o ayudar en alguna otra cosa, muchas de las jovencitas y las más grandes que aún no tienen pareja o su propia familia ayudan a sus madres a cuidar del resto de sus hermanos más pequeños.

A diferencia de mi familia todos los demás tienen muchos hijos aun que tienen el mismo tiempo de vida que *Iizax*, mi mujer y yo.

Había lunas en que las jóvenes se iban con sus madres al monte y volvían ese mismo día después de mucho tiempo al campamento, con canastas llenas de pitayas, todas clase de frutitas del desierto, flores de biznaga de las que nosotros comemos, vainas de mezquite y semillas. Toda clase de alimentos que nuestras familias necesitan cada día, si no fuera por los grandes esfuerzos que estas mujeres jóvenes hacen, muchos pasaríamos hambres más fuertes, sobre todo los niños y los más viejos, sufrirían muchísimo.

Los hombres nos encargamos de traer el

agua siempre, cerca de los rio o de otros arroyos pero cuando hay abundante agua hasta las mujeres mismas hacen esas tareas por sí mismas.

El padre Gilg no lo mencionaba, pero al mirarnos todos los días también era testigo de aquellos esfuerzos y del gran respeto entre nuestra gente, se dio cuenta que en nuestras familias las jovencitas nunca salían de sus campamentos si no era en compañía de sus propios hermanos o sus padres.

No porque fuera prohibido, pero era la manera en que las jóvenes mostraban el profundo respeto por sus familias, hermanos, mayores y padres, el sentido del honor de la familia entera era muy importante para todos.

Posiblemente había en el campamento uno o dos jóvenes que en rebeldía hacían pasar a sus familias algún momento difícil, un pleito entre hermanos y un pretendiente irrespetuoso, o algún conflicto aislado, pero que aunque las mujeres estuvieran comentando delante del padre ni siquiera pudo enterarse por no saber nuestra lengua, y tampoco ninguno de nosotros le diría nunca algo así. Pero cosas así eran muy poco posibles, el padre nos veía a la mayoría de nosotros en nuestro día a día, practicando ese respeto profundo por los demás y nuestros grupos.

Muchas jovencitas en edad de formar familia eran observabas por otras familias, que miraban en ellas una futura pareja para algún hijo también en edad de formar familia, muchas madres veían en aquellas jóvenes mujeres personas tan valiosas como sus propios hijos. Sin ninguna duda muchas madres de jóvenes esforzados y guerreros veían un buen futuro en las jóvenes mujeres.

Mucha gente del campamento nos bañábamos y metíamos a nadar en el mar para resistir el calor que esos días nos había golpeado tan fuerte, yo mismo también decidí entrar a bañarme cuando mi esposa y mi hijo me llamaron desde el agua, el sonido de las suaves olas se fundía con las risas de la gente de todas las edades, niñas y niños, que parecían inundar todo con su alegría, junto con el sonidos de nuestros cuerpos que golpeaban gentilmente la superficie del mar, hacían un ambiente de paz sin igual, los más pequeños nos contagiaban a los adultos que disfrutábamos del agua refrescando nuestro cuerpo mientras cuidábamos de ellos.

El mar parecía arrancar muy rápido el calor de nuestros cuerpos con solo abrazarnos, era una verdadera inyección de vida, la felicidad que nos producía estar ahí juntos, nadando y jugando, riendo hacia parecer que nada de lo otro existía. El sol comenzó a ocultarse tras las montañas de la isla en frente de nosotros, rápidamente los colores del mundo se fueron con él y nuestro mundo, quedó pintado en colores dorados y anaranjados, el mismo cielo dejó de ser azul para volverse rojo, todos los demás nos volvimos oscuras sombras que revolvíamos el agua con nuestro cuerpo en un mar que parecía servir de espejo al atardecer. Nuestra alma y mente parecían purificarse cada vez que podíamos vivir momentos como este.

MAPA

Como siempre los tiempos se van quedando atrás, y nosotros necesitábamos seguir moviéndonos, y así lo hicimos, todos en grupo nos dirigimos por la costa junto a xepe coosot, el mar delgado entre la isla y esta tierra. Mientras nosotros avanzábamos, la mirada del padre se perdía completamente y con la boca abierta de impresión entre los miles de enormes columnas verdes llenas de espinas, nosotros llamamos mojepe a los de una sola columna y xasj a los de varios brazos, los españoles los llaman simplemente saguaros, están a nuestro alrededor desde que nos movimos siguiendo la costa hasta el Norte, esos gigantes del desierto dominaban todo el terreno, casi desde la orilla del mar hasta lo la mitad de los cerros a nuestra derecha, era un enorme valle junto al mar encerrado por una cadena de montañas, lleno de gigantescos saguaros, todos con pitayas para nosotros.

Parecíamos rodeados por un ejército de centinelas del desierto siempre vigilantes, siempre orgullosos, que nunca se doblan que nunca se quiebran, y que al igual que nosotros mueren sobre su lugar y de viejos.

Este viaje fue el primero de tantos que hicimos desde los ríos al mar, con el paso de las lunas, y los tiempos. Siempre juntos a veces éramos más personas otras ocasiones éramos un poco menos, pero seguíamos buscando el mejor lugar.

Desde entonces fuimos repetidas veces a la costa, en ocasiones siguiendo la misma ruta, en ocasiones tomábamos otros caminos pero siempre siguiendo el paso del sol hacia el mar. El camino de regreso a veces era el mismo o ligeramente diferente dependiendo desde donde volvíamos y el tiempo, parecía que caminar con el padre montando entre nosotros era algo que se volvía más o menos cotidiano. Aunque siempre pensando que algún día alguien de nuestra gente le podría hacer daño, aún hay mucha gente en los campamentos que visitamos que no toleran la presencia de la gente barbada de piel blanca, para muchos de nosotros todos ellos son asesinos y enemigos, para muchos solo han traído mentiras intentando romper nuestro espíritu, desafiar el poder de los hombres de sanación, que se confrontan en el terreno de lo que vemos contra los poderes que obtenemos en las cuevas.

Siempre hay peligro para él y para los que estemos cerca de este hombre. Todos lo sabemos y el mismo padre Gilg está consciente de esto, aunque no parece importarle. A veces parece que le importa más estar entre nosotros que su propia existencia o seguridad y eso me es bastante extraño.

Entre tanto andar con nosotros de un lugar a otro, había una pieza de papel que mirábamos en manos del padre a cada rato, como todo lo que escribe o dibujaba llamaba poderosamente mi atención y por suerte el padre sintió la confianza de mostrarme lo que había estado haciendo en todos estos viajes con nosotros.

Si el dibujo que nos había mostrado antes me había impresionado, lo que mis ojos pudieron ver uno de esos días en El Pópulo, en un papel extendido sobre la mesa del padre me sorprendió bastante.

En la hoja, las líneas de tinta habían dejado plasmados los cerros desde el Norte de nuestro campamento en El Pópulo, en su dibujo hecho con tinta estaba la sierra al oeste de nosotros, que los españoles llaman Bacoachi, nuestro rio en el que acampábamos *Hasoj Cooil*, que los padres llaman río Santa María que corría como una serpiente delgada hecha de líneas de tinta negra con su forma con rumbo al mar, se podía ver el lugar al Sur de nuestra tierra del Pópulo hacia el Sur el lugar donde el rio más grande se junta con el nuestro, el rio de los pimas en *Hax Ipac*, donde los padres y los pimas llaman *Pitiquin*, ese eterno pedazo de guerra que hasta en el dibujo del padre me recuerda las flechas y las muertes que ambas tribus nos hemos hecho por ese pedazo de territorio.

Era increíble, a pesar que nosotros hemos hecho esta clase de dibujos antes, los nuestros se borran sobre la arena, o quedan marcados usando carbón sobre alguna roca, pero esta imagen era distinta, estaba ahí parecía que nunca se iba a borrar, no podía evitar pensar por cuanto tiempo la imagen puede conservarse, aun que llegue a pensar que posiblemente duran algún pero no demasiado.

Ver aquellas manchas y líneas de tinta parecía como ver el territorio desde el mismo cielo. Mis ojos recorrían la hoja de arriba a abajo, a los lados, pero después me enfoque en mi campamento, y desde ahí seguí la ruta de nuestros viajes, que el padre había marcado con puntos pequeños de tinta negra, que parecían las huellas que dejábamos al andar sobre el suelo del desierto.

—Es un mapa— dijo el padre interrumpiéndome mientras veía su dibujo, yo levanté la vista hacia él, que me señalaba la ubicación de los campamentos donde había hecho la ramada con la cruz que él llamaba iglesia y también pueblos.

Había cosas que yo no entendía, esas que él llama letras, con las que escribe en la lengua que me dijo que no era español ni tampoco la suya, esa antigua lengua en que solo los padres hablan y escriben que él llamaba latín. Las letras decían algo pero yo no podía entenderlas.

—San Tadeo y San Eustaquio— dijo el padre mientras apuntaba al pueblo cerca de la sierra del oeste que él llamaba Bacoachi y después el otro campamento más cerca al oeste de aquí de aquí.

—San Xavier— dijo el padre con tono de orgullo y dejando el dedo por unos segundos más. Se veía que le ilusionaba mucho estar cerca del mar.

— ¿Qué dice aquí?— le pregunté, señalando la isla donde se encuentra mi madre.

—Isla de los seris— respondió dijo el padre. —yo sé que ustedes no se llaman así a ustedes mismos pero todos los demás los conocen así— comentó el padre.

Yo sabía mirando el dibujo que nosotros nos encontrábamos ahí donde los dos ríos que vienen del Norte dan la vuelta para buscar el mar. Por momentos me perdía en el dibujo del padre, tenía tantas cosas en él, que era mucho para ver al mismo tiempo. Se sentía como poder volar y verlo todo desde arriba.

Cada parte del dibujo me traía recuerdos de cada lugar donde habíamos estado, era algo increíble.

Los pequeños puntos me llevaban a través de mi propia memora recordando lo lugares que habíamos caminado en el último viaje en que el padre vino con nosotros al mar, y también nuestra ruta de regreso por detrás de las montañas hacia la sierra del oeste antes de volver al Pópulo, ese otro camino sin seguir el agua en forma de arroyo que va al mar desde *Hax Ipac*, esa vez la ruta para volver al Pópulo fue desde *Caail Aapa*, el padre decía que desde la Sierra Bacoachi. Los puntos en el mapa seguían nuestros pasos de los viajes anteriores al Oeste de nuestra tierra.

—¿Qué dice aquí— le pregunté señalando la parte más al Norte lejos de mi tierra, donde sé que viven los enemigos pimas que los españoles llaman Eudeves, al final de las pequeñas marcas con cruces que señalan la posición de los pueblos que los extranjeros han levantado sobre el rio arriba de donde nosotros vivimos.

—Nacameri— dijo el padre señalando el pueblo donde el rio cambia su dirección hacia el Norte cerca de nosotros aguas arriba.

—Opodepe, Tuape y Cucurpe— Dijo mientras su mano avanzaba sobre el rio Santa María hacia el Norte.

—Y aquí dice indios Eudeves— indicando el lugar por el que yo le había preguntado.

En los puntos del padre había puntos por lugares que yo no había recorrido, y no me era difícil imaginar que eran los recorrido del padre con los otros religiosos a lugares fuera del territorio nuestro, por lo que pude ver el padre había ido también a todos los lugares del otro lado del rio y al Norte de donde nos encontramos.

— Nosotros estamos aquí— dijo el padre señalando la ubicación de nuestro campamento, es posible que mis largos silencios le dieran la impresión que no podía entender lo que yo tenía frente a mis ojos.

Me sorprendí mucho cuando vi que el dibujo de mi familia era parte de aquel mundo nuestro hecho con tinta por el padre, estábamos ahí, era la misma imagen que me había mostrado antes cuando apenas caminábamos a la costa cuando el padre caminó con nosotros la primera vez que nos acompañó.

—Himamas— dijo el padre señalando el saguaro que esta atrás de mi familia, el padre sonreía mientras me mostraba la imagen sabiendo que nos hacía gracia su manera de decir *imam*.

—Toma— me dijo, extendiéndome una hoja doblada.

Apenas abría la hoja que me había dado —Es para ti— me dijo el padre, mientras yo veía el dibujo que había hecho de nosotros cuando fuimos al mar.

— ¿Tienes dos?— le pregunté.

—Si hijo, hice otro en el mapa, este es para ti— dijo el padre.

— ¿Cómo lo has hecho?— le pregunté.

—Es fácil, si lo haces una vez puedes hacerlo más veces, pero eso no es importante, ahora ese es tuyo, ese es para ustedes— dijo el padre.

Lo doblé y lo guardé en mi bolsa de piel amarrada a mi cintura. Salimos los dos de su ramada y me dirigí al campamento de mi familia, como siempre sin eso que el padre llama despedirse, que no entiendo porque lo necesitan los extranjeros.

El padre se quedó afuera de su ramada por un momento y después volvió a entrar, seguramente a seguir escribiendo como siempre hace. Mientras yo aún veía en mi mente la imagen del papel que el padre había llamado mapa. Me resultaba un perturbador poder imaginar que los extranjeros ahora tenían una imagen tan precisa de nuestra tierra, de nuestra gente, los campamentos, nuestro mundo. No sabía por qué, o de qué manera pero imaginar que los enemigos usaban todo eso para saber dónde estábamos. Mi preocupación se hacía más grande que mi asombro.

Ahí afuera de su ramada, el padre sacó el dibujo de nuestras tierras, ese que él llamaba mapa, puso la hoja de papel sobre el suelo y con un palo comenzó a dibujar continuando sus líneas de tinta con líneas hechas con surcos en la tierra, con unos cuantos movimientos de un palo delgado y su mano dibujó sobre el suelo hacia arriba de donde estábamos, hasta llegar a *Hasoj Cheel*, después hizo la tierra más allá del mar, *Hant Ihíin*, esa que los padres y españoles llaman California, siguió dibujando lo que yo sabía que era las tierras de los yaquis al Sur de nosotros siguiendo la línea del mar y continuaron sus líneas con rumbo al Sur hacia lo que yo no conocía.

Cuando terminó de dibujar tenía frente a mí, líneas en el suelo que eran un mundo enorme.

—Nueva España— dijo haciendo un gran circulo invisible que envolvía nuestro hogar desde los ríos, montañas, *Tahejcö*, las demás islas y *Hant Ihíin* la tierra más allá del mar, pero no solo las nuestras ese círculo invisible envolvió también todas las demás tierras de los enemigos naturales nuestros, de todos los otros hombres alrededor de nuestras tierras.

He visto y he recorrido mi tierra y los alrededores, pero todo eso dibujado con la tinta del hombre de *yooz* en su papel, me ha hecho ver nuestras propias tierras, el mar y nuestra isla, pero también ahora puedo decir que mire un poco más allá de mi mundo, yo lo sabía grande pero lo vi ahí aún más grande, a veces pienso que lo que el padre Gilg ha llamado varias veces el mundo es algo mucho más enorme aun.

Ahí me di cuenta que de esa manera habían llamado a esta parte de la gran tierra, con razón desde muy pequeño yo escuchaba que los extranjeros decían las palabras Nueva España muchas veces, así que llamaron a esta nuestra tierra su nueva tierra.

—Entonces nunca se van a ir— dije para mí mismo con mi voz interior.

Hacia donde sale el sol dibujó una tierra grande y nueva, y ahí en la boca de un pequeño mar encerrado, con la punta del palo señaló un punto en su dibujo de tierra.

—España—, y continuo dibujando tierras por todos lados era tan gran de que no podía creer lo que veía, cuando el pedazo de rama en la mano del padre dejó de hacer surcos en el suelo, y más allá hacia arriba de España y hacia la salida del sol, justo arriba de ese mar que parecía encerrado, la punta del palo se clavaba en la tierra.

—Rimanov mi casa, mi familia— decía el padre sonando un poco nostálgico.

—*He ita,* mi madre, se llama Marie, mi padre se llama Krystof viven ahí o vivían ahí, no puedo saberlo estoy tan lejos— dijo agachando brevemente la cabeza en un silencio momentáneo que pareció eterno.

—Aquí es Austria, cerca de mi hogar, de aquí viene el padre Kappus— dijo el padre, mientras yo en silencio pensaba que esa es la razón de que sus maneras de hablar sean parecidas y a la vez tan distintas de los españoles.

El padre arrastró la vara de madera desde donde dijo que era Rimanov hacia donde señaló

España, y desde ahí por el gran mar entre las dos grandes tierras, deteniéndose por un momento en el medio del gran mar.

—El mar grande, mar muy, muy grande, una o dos luna en el mar en gran barco para venir hasta acá, un *xepe cacoj* por donde sale el sol para ustedes— dijo el padre y después de una breve pausa.

Continuó arrastrando la vara hasta la tierra muy lejana al sureste nuestro. Desde ahí el palo hizo surco hasta el corazón de esa tierra al Sur de nosotros y se movió hacia arriba y hacia el otro mar, a nuestro mar, hasta dejar de moverse frente a nuestra isla, el padre me había mostrado el mundo, esa era la *Hant Cacoj* de la que los viejos de mi pueblo hablaban, y este hombre había venido de muy muy lejos. A distancias que no puedo ni siquiera imaginar. Ese día vi la tierra grande, no la entendí pero la miré aunque sea por unos momentos, y se quedó en mi mente para siempre.

El padre dobló la hoja de papel con el dibujo del territorio nuestro que había hecho, la metió con sus demás papeles en una atado de piel que amarraba con un listón de cuero y lo guardó donde pone sus cosas dentro de una caja de madera que guarda dentro de su ramada, las cosas que siempre lo acompañan, donde guarda también su tintero y sus plumas.

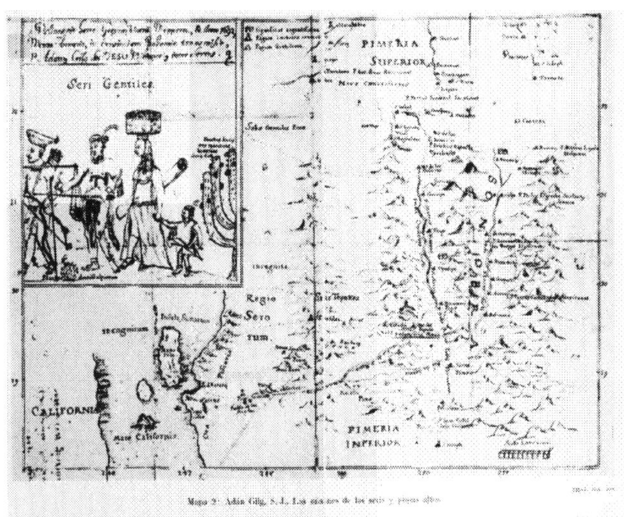

Mapa 2: Adán Gilg, S.J. Las misiones de los seris y pimas altos.

PIMAS

Una mañana el padre nos había pedido a algunos de nosotros que cuidáramos los animales que habían traído poco tiempo antes. Eran de esas bestias que nosotros llamábamos —cosas que lloran—, esos animales que el padre que llamaba vacas y algunos españoles llamaban terneras. Algunos de nosotros aceptamos llevar los animales fuera del corral en el que el padre los tenía encerrados, pero quería que salieran para comer de las hojas de los árboles, pasto y las plantas que quisieran en los alrededores.

Acepte ayudar con eso al padre, otros tres hombres del campamento quisieron venir para ayudar también. El religioso extrañamente esos últimos días tenía menos actividad en el campamento, pasaba largas horas escribiendo y llegue a notar cierta prisa por llenar las hojas con tinta, tanto que muchos escuchábamos a lo lejos el sonido que hace su pluma con tinta al arrastrarse por el papel muchas veces y muy rápido, podíamos escucharlo en medio de los silencios que por momentos teníamos en el del campamento. El rasgueo de la pluma del padre Gilg a veces se perdía entre los gritos y risas de los niños, algunos ladridos de los perros, y los golpes de las mujeres con el hueso de venado a sus tejidos de platos de Toróte.

Nosotros apenas quitábamos algunas de los troncos de la entrada del corral, palos chuecos y torcidos poco más gruesos que un brazo nuestro, que estaban acomodados unos sobre otros, cuando el padre nos alcanzó para venir también con nosotros.

Él se puso al frente de la tarea y nos ayudó para hacer salir a las vacas del corral. El padre invitaba a los animales a salir con unos sonidos que hacía con la boca, como los sonidos que hace la gente para atraer animales pero mucho más fuerte para que todas pudieran oírlo.

Los animales parecían hablar ese lenguaje, y en poco tiempo después de rodearlos los animales comenzaron a enfilarse uno atrás de otro, con rumbo a la puerta con pisadas lentas, y con movimientos de su cola de un lado a otro, de vez en cuando volteando con una mirada de enojo.

El olor del corral era muy penetrante los desechos y la orina de estos animales olía muy fuerte, parecía el olor que nosotros conocemos de los terrenos donde los venados dejan sus olores, pero diferente muy diferente, nada olía como el lugar de estos animales. Las vacas llevaban ese olor a donde fueran con la suciedad pegada en los cascos y el pelo de sus patas. En poco tiempo la última de los pesados animales salió del corral mientras nosotros caminábamos por los lados.

El padre caminaba al frente tocando con su mano derecha el lomo del gran animal al que los demás seguían, mientras avanzábamos hacia el bosque junto al campamento. Nosotros caminábamos en desorden también por los lados de la fila de unas treinta vacas.

Cuando por fin estuvimos lejos del campamento en medio de tantas plantas los animales mismos parecía que indicaban el lugar donde querían detenerse a comer, casi no se movían, unas mordiendo plantas en el suelo, otras arbustos pequeños y algunas de ellas con la cabeza medio levantada mordisqueando las ramas que caían de árboles como el mezquite, y otras más deteniéndose casi por completo para comer todo lo que podían.

De vez en cuando estos animales volteaban a vernos poniendo la mirada fija sobre nosotros, con sus ojos lagrimosos sin dejar de mirarnos su quijada se movía de un lado a otro, veíamos los pedazos de ramas saliendo de su boca mientras las masticaban y tragaban, para después volver a lo suyo, concentradas en comer, el padre con señas nos decía que debíamos observarlas y no dejar que se vayan más lejos, mientras comen.

En su caballo se enfiló con rumbo al pueblo nos dijo que debíamos volver antes del atardecer y que el mismo regresaría para conducir los animales de regreso al corral del campamento.

—hijo ven conmigo para entregarte algo de tabaco para todos- preguntó el padre desde su caballo y le acompañé.

—voy contigo para traer agua para todos— dijo el joven *Hesam*.

Mi tío *Hatni* y mi amigo *Hacat* se quedaron para cuidar a los animales mientras volvíamos.

Nos habíamos alejado bastante del campamento, pero en poco tiempo estaríamos de regreso.

—Pimas— se escuchó un grito fuerte de mi tío *Hatni*, que hizo retumbar el valle entero, seguido de muchos gritos de guerra.

Hesam y yo tomamos nuestros arcos y salimos corriendo de regreso a donde habíamos dejado a mi tío *Hatni* y *Hacat*. Corrí tan rápido como pude, no sentía mi cuerpo ni mis pies, menos las ramas rasgando mis piernas, solo quería llegar al lugar. Detrás de nosotros escuchamos los gritos del padre mientras hacia su caballo correr veloz pero apenas podía alcanzarnos. Nosotros éramos más rápidos que su bestia.

Cuando llegamos la escena era algo que hubiera querido borrar de mi vida para siempre.

Cuatro hombres muy parecidos a nosotros, pero con el cabello de la frente recortado, casi desnudos apenas cubiertos con unas pieles, con arcos y flechas estaban atacando a mi tío, mientras *Hacat* estaba tirado a sus pies inmóvil, con los ojos abiertos.

Uno de ellos tenían sus manos apretando el cuello de mi tío *Hatni* que estaba sometido, cuando nos vieron soltaron el cuello de mi tío que cayó sobre sus pies inmóvil. Nosotros les lanzamos nuestras flechas desde que los vimos, pero escaparon entre el monte a gran velocidad, con rumbo al Norte. En poco tiempo más hombres y mujeres del campamento llegaron corriendo.

—Lleven a las mujeres, niños y viejos a un lugar más seguro junto al rio— les grité, pero no dejaron de acercarse.

— fueron pimas, nos están atacando cuiden el campamento— les gritaba desesperado, volteando hacia ellos, solo unos pocos vinieron. Mientras yo revisaba a mi tío que había ya dejado este mundo mientras lo tenía en mis brazos. El padre había bajado del caballo donde nosotros estábamos, él lo había visto todo.

Mi mundo se hizo pedazos en ese momento. Nuestros gritos de guerra se fundieron con lágrimas, junto a los cuerpos de dos de los nuestros a sobre el suelo a nuestros pies.

—Nooo, maalditos Salvaajees— gritó desesperadamente el padre con todas sus fuerzas, escuchándose su voz en su lengua haciendo eco entre el valle, que seguramente nuestros atacantes escucharon en su veloz escape mientras abrazaba a mi tío.

Llorando, brincando desesperadamente de un cuerpo a otro, tocando sus rostros sus pechos, poniendo su oído cerca de la boca y en el corazón esperando escuchar latidos en ellos pero era tarde ya, la vida se había ido de nuestros hermanos.

—Asesinos— gritó varias veces el padre de forma desgarradora, seguido del llanto de las mujeres que se acercaban.

El padre se quedó con los cuerpos de nuestros hermanos de campamento, rodeado de varios de nuestra gente, que lloraban y se dolían por el cruel crimen.

Cuatro o cinco de nosotros salimos corriendo en dirección a donde los pimas habían escapado, pero ya no los teníamos a la vista, solo teníamos rastros por el rumbo en que se fueron hacia el Norte entre los cerros. Pero eran tan hábiles para atacar y escapar como nosotros mismo.

Corrimos todo lo que nuestros cuerpos pudieron empujarnos en dirección a ellos. Pero no conseguimos ponernos cerca de los pimas asesinos. Seguíamos corriendo hacia el Norte pero los rastros se perdieron entre las piedras de los cerros. Sabían como nosotros hacer desaparecer sus pisadas usando las rocas en los cerros.

Para entonces estábamos en un lugar que no era seguro, éramos muy pocos y podía haber más pimas en el área, decidimos volver. Nos sin antes gritarles y maldecirles por su crimen con todo nuestro odio y dejarles una flecha enterrada sobre el suelo en señal de guerra, una más. A veces parece que la frontera de nuestras tierras tiene una linea de flechas enterradas de ambos pueblos.

Cuando volvimos al lugar entre todos nos llevamos los cuerpos de nuestros hermanos asesinados, yo estaba destrozado por perder a mi tío, no podía creer que ahora teníamos que darles su descanso. Pero aquellos días así eran, al salir el sol cada amanecer te levantas pero no sabes si esa noche iras a descansar para despertar al siguiente, es por eso que pocos vivimos en estas zonas, y cada vez más *comcaac* se van al mar o las islas.

En el campamento los llantos de todos se escuchaban sin detenerse, las mujeres soltaron su dolor en medio del atardecer y el resto de la noche, mientras los padrinos de muerte hicieron con gran velocidad el ritual para que diéramos descanso a mi tío y también a *Hacat*.

A este hombre lo conocía poco, era muy serio y de un campamento lejano, pero tenía todo mi respeto, su pobre familia ahora estaba en el abandono.

Las mujeres reclamaban en nuestra lengua

rodeando al padre como si hubiera sido su culpa, el padre no podía entender a las señoras con el puño derecho cerrado y levantado por encima de la cabeza reclamándole cosas que el religioso no podía entender.

— ¿Por qué los soldados no los matan, son asesinos? — decían las mujeres con profunda furia.

— ¿Por qué los soldados no cuidan el pueblo si tenemos un padre con nosotros?— decían las mujeres muy molestas, casi golpeando al padre.

Le dije al padre algunos de los reclamos, y solo podía decir que no había suficientes soldados a veces. Los reclamos se detenían por momentos para seguir atendiendo el dolor que todos teníamos. Esa noche todos los hombres estuvimos en alerta, hacíamos guardias en turnos por el resto de la noche, con las fogatas apagadas y con los perros en alerta.

DESPUÉS DE LOS ATAQUES

Fui a mi campamento junto a mi familia, todos ya sabían lo que había pasado, nos estaban esperando, el llanto de mi esposa se escuchaba más fuerte que el de todas las demás mujeres, mi hijo estaba callado y no podía hacer más que mirarnos lleno de tristeza, a nosotros, sus padres en un silencio de niño y viéndolo todo a su alrededor, dentro de sí mismo hasta el seguramente sabía que estaba pasando algo muy malo, pero únicamente preguntó una vez que sucedía.

—los Pimas mataron a tu tata Hatni en el monte— le dije y él solo guardó silencio y mientras veía a su madre llorar, por alguna razón el pequeño no podía llorar, pero su tristeza se miraba en su rostro.

A pesar del dolor en el campamento las mujeres le reclamaban con mucho coraje al padre Gilg afuera de su ramada, le hablaban con fuerza, levantando una mano con el puño cerrado, mientras le reclamaban que los soldados españoles no nos protegían a nosotros de los ataques de otras tribus, como lo hacían con los pueblos de los pimas.

—Es culpa del padre que no le dice a los soldados que maten a los pimas cuando nos atacan— se escuchaba entre las voces de mujeres enojadas, mientras el padre salía de su ramada sin entender que sucedía.

Varios hombres del campamento intentamos explicarle lo que sucedía. El padre parecía bastante preocupado pero también su rostro era la impotencia absoluta.

—Iré a hablar con otro padre que tiene soldados en su misión, espero que puedan ayudarnos— dijo el padre que parecía que en ese mismo momento lo haría.

—Necesito que dos o más de ustedes me acompañen a Cucurpe a ver al padre Marcus Kappus, es posible que tengan soldados ahí— dijo volteando a vernos en un prolongado silencio.

Yo le dije a los demás del campamento en nuestra lengua y pronto dos de nosotros, *Hesam* y otro joven de los campamentos más lejanos que apenas he visto pocas veces, ambos son amigos, jóvenes rápidos y fuertes. Podrán cuidarse y sus familias tienen más hombres para defenderse si nos atacan de nuevo.

El padre metió unas cosas en un pequeño costal de piel donde trae papeles y sus demás cosas, salió de la ramada, le puso la silla a su caballo y de un brinco estaba montado en su espalda —Es tiempo de irnos— dijo el padre.

Así el partieron del campamento, siguiendo el río con rumbo al Norte escoltado por los dos jóvenes de nuestro campamento.

El padre Gilg seguramente iba en busca de su amigo religioso, el padre de Cucurpe, el Padre Marcus Kappus.

—El *paar* que vive con los pimas del río arriba— como le dice mi gente, hombre más o menos de la misma edad que el padre Gilg, él atiende los tres pueblos donde viven los otros indios pimas que los españoles llaman Eudeves, ellos llaman Cucurpe, Tuape y Opodepe a esos lugares. Ese padre parece un buen hombre, pero los indios de sus pueblos son los mismos que nos atacan a nosotros, yo aprendí mucho de ellos cuando fui niño capturado con mi madre y estuvimos ahí en Cucurpe.

Recuerdo que el padre alguna vez dijo que este religioso vino a estas tierras al mismo tiempo que él, que habían viajado juntos pero no recuero mucho sobre él.

En el campamento nos reunimos todos, estábamos decididos a salir a buscar a los pimas que nos hicieron esto para hacerles pagar por su crimen. Nosotros estábamos profundamente enojados y llenos de ira, ardiendo en deseos de vengar la muerte de mi tío y de nuestro hermano caído.

Preparamos nuestros arcos nuestras flechas, el fuego de las fogatas se encendieron, los colores de la guerra pintaron nuestros rostros casi inmediatamente, las pinturas con flechas y otras figuras de la guerra que estaba por ocurrir ahora pintaban nuestras mejillas, se volvieron nuestros rostros, el frio color de los pigmentos se sentían ardientes bajo nuestra mirada, los dientes se apretaban solos y el sudor se congelaba en piel que ardía por encontrar a los asesinos que nos hicieron esto.

El canto de los viejos ya no era de alegres canciones de danza de celebración, ahora su ritmo eran los oscuros cantos de la batalla, eran las canciones de combate, que nosotros llamamos *Hiquimoni*. La voz del viejo cantante llena de dolor se fundía con el llanto de las mujeres del campamento, con los feroces y agudos gritos de guerra de nosotros que llenábamos el valle con nuestra voz haciendo eco entre las montañas y se apagaba hasta el sonido del viento o el vaivén de los árboles. Las miradas nuestras estaban encendidas, radiantes de furia, el fuego nos prestaba sus brillos de calor y poder, el movimiento de la flama se reflejaba en el sudor de nuestros cuerpos, mientras el humo del fuego nos prestaba su esencia incandescente.

Los guerreros danzábamos imitando los saltos del cuervo, *Hanaj*, alrededor del fuego con el canto del viejo. Mientras yo daba las palabras de la guerra a mi gente, era mi tierra, era mi familia, ese era mi deber aquel día.

—Ellos han venido a nosotros para matarnos— les dije con la voz temblando de rabia.

—Han tomado la vida de dos de nosotros— complete después de un silencio.

—Nuestros parientes no pueden caminar ya, no pueden comer ya, no pueden reír con nosotros ahora— dije entre lágrimas de furia y sed de venganza.

—Terminaron su tiempo con nosotros de una manera cruel, nos arrancaron sus risas y su ayuda— les dije mirándolos a todos a los ojos.

— Ellos no pueden levantarse ya, están ahí debajo de la tierra— les recordé con la voz rasgada por el dolor.

— Pero cuando cortemos los cuerpos de los enemigos que les hicieron esto, cuando los dejemos sin su sangre y tengamos en nuestras manos sus cueros y cabellos, cada cabello que el viento se lleve por el monte, serán nuestros hermanos caídos que se moverán recorriendo este mundo como antes lo hicieron, cada cabello del enemigo que vuele con el aire de un lugar a otro serán nuestros parientes que han caído en el eterno sueño—terminé de decirlo cuando todos nuestros gritos y aullidos se escucharon tan fuertes como una explosión de voces que no dejaban escuchar ni el viento, mientras nosotros continuamos danzando hasta completar el ritual.

La paz vendrá cuando el castigo por las muertes que nos hicieron llegué a los pimas que nos causaron este dolor, a los que mancharon la tierra de mis padres.

Cuando la noche estaba oscura, los perros nos alertaron con sus feroces ladridos de la llegada de algunos caballos a las proximidades del Pópulo, algo se movía por la orilla del río, eran unos diez caballos que avanzaban sin detenerse a paso veloz hacia nosotros. La gente del campamento se ocultó en el monte oscuro, alrededor de donde estábamos por miedo a un ataque de soldados españoles.

Las cosas se pusieron tensas, hasta que a lo lejos entre las sombras escuchamos la voz del padre Gilg.

—*Comcaac* soy yo, *he Paar Gilg*— Gritando en parte en nuestra lengua desde la distancia.

Varios de nosotros fuimos a encontrarnos con ellos, en medio de la oscuridad en la que nos hacíamos camino llevando antorchas con fuego hechas con los palos que habían estado acostados sobre las fogatas.

Parecíamos puntos luminosos en movimiento, uno atrás de otro, con el fuego delante de nuestros cuerpos, las flamas avanzaban moviéndose como calor liquido retorciéndose en la punta del palo, en colores blanco, amarillo, y rojo brillantes, que a nuestro paso pintábamos de rojo y naranja alrededor, todo aquello en medio de un saturado olor a madera de mezquite quemado, mientras el humo dejaba una línea gris que se elevaba al cielo.

Cuando llegamos al encuentro del grupo de caballos y hombres vimos al Padre Gilg al frente acompañado de otro religioso, era el Padre Marcus Kappus de Cucurpe bajando de su caballo detrás de él, mientras a su lado tenían a un soldado del ejército español que permaneció montado en su agitado e inquieto caballo en medio de la oscuridad, apenas un poco iluminados por el fuego de nuestras antorchas.

Detrás de ellos había un grupo de unos diez hombres, que parecían soldados españoles también, ellos se quedaron sobre sus caballos sosteniendo sus armas en las manos, esos palos que lanzan fuego y matan gente que ellos llaman arcabuces.

Los padres dieron pasos al frente y nos explicaron que venían para intentar hacer la paz, querían que no agrediéramos a los pimas y nos dijeron que harían lo mismo con ellos, pero eso era inaceptable, nos habían asesinado dos personas de nuestro campamento y nosotros queríamos hacer justicia por su crimen contra nuestra gente.

—Padre ¿cómo pueden pedir que aceptemos la paz cuando dos de nosotros fueron asesinados delante de ti también?, tú lo has visto, debemos hacerles pagar por nuestra sangre derramada— le dije en su lengua al padre.

De pronto se escuchó con fuerza una voz salir detrás de una barba larga, del soldado jefe al frente desde su caballo.

—Indios Seris de la misión de Nuestra Señora del Pópulo, que pertenece a las tierras de su majestad, les habla el capitán de la Compañía Volante de Sonora, en nombre de su majestad el Rey Carlos II, soberano de la Nueva España y en nombre también del Virrey el excelentísimo Gaspar de la Cerda Sandoval Silva y Mendoza, Conde de Galve, he venido a exigirles que se sometan inmediatamente a la paz, se entreguen pronto a la obediencia de su ministro religioso el reverendo padre Adam Gilg y que dejen de hacer la guerra a las naciones de indios pimas y a los demás indios de Sonora en busca de sangre y venganza, que todo aquello va en contra de la ley de nuestras dos majestades, del Rey y de nuestro dios— Dijo el Soldado en tono amenazante mientras guardábamos silencio, solo unos pocos de nosotros podíamos comprender el mensaje pero ninguno dijimos nada, al resto nos daba igual lo que había pronunciado pero el tono de sus palabras eran amenazantes, entender el lenguaje no era necesario.

—Quien se resista a hacer caso de mis instrucciones será castigado por desacato y sentenciado a muerte inmediatamente, por violar las leyes de nuestro soberano, nuestro dios y la santa iglesia— agregó el militar.

— ¿Quién va a hacer justicia por nuestros parientes muertos a manos de los asesinos pimas? — le cuestioné en el mismo tono que él nos había gritado.

—Con que entiendes mi lengua he, indio salvaje, ¿Cómo te llamas?— me preguntó el soldado, con un tono de burla en su voz.
—Mi nombre es *Zep*, entiendo un poco de tu lengua, pero eso no importa, la justicia es lo que importa, y nosotros vamos a ir tras los asesinos, tus palabras no nos devuelven nuestros muertos— Le dije desafiante, ante la mirada temerosa de los religiosos que volteaban a los soldados y a nosotros, sabiendo que si las cosas no iban bien este encuentro podía terminar mal para todos, nosotros estábamos listos.

—Mira indio Seri, tienes bastantes cojones, pero nosotros haremos la justicia aqui, nosotros somos la autoridad, encontraremos y castigaremos a los que matan y roban, no importa que sean indios pimas o indios Seris nos da igual, ¿han entendido todos?— preguntó el soldado en voz alta al final de sus palabras.

—Los soldados nunca han protegido nuestros grupos, únicamente se han dedicado a cuidar a los pimas y sus pueblos, los soldados solo nos hacen la guerra a nosotros y no queremos soldados en estas tierra, ustedes no hacen ninguna justicia— le contesté en su mismo tono, mientras los demás de mi gente gritaban alaridos de guerra respaldándome, hasta ese momento parecía que la sangre en el suelo era inevitable esa noche, solo que no era claro si sería la suya o la nuestra.

—Mira indio, eres un hombre bravo, bastante osado o tonto diría yo, y no dudo que la razón les asiste en buscar la justicia, pero esta zona está a mi cargo, así que nosotros buscaremos a los culpables y les castigaremos por lo que han hecho— me dijo el soldado viéndome directamente a los ojos intentando hacerme sentir miedo, las flamas de las fogatas estaban en su mirada pero la oscuridad profunda de la noche estaba en la mía, pero el miedo no es algo que nosotros podamos sentir de estos invasores y asesinos.

—Tráenos a los asesinos para hacer justicia y te creeremos soldado, entréganos a los pimas que hicieron esto, que seguramente están en los pueblos de más arriba del rio, los pueblos que ustedes protegen— le dije al soldado.
—Mira nomas, jooooder, Ustedes no nos van a decir cómo hacer nuestro trabajo, indio insolente— dijo el soldado evidentemente molesto.

—Están todos advertidos, hemos venido a invitarles a la paz con sus vecinos los Eudeves, pimas y entre su misma nación también — dijo el soldado.

—Es tiempo de volver padre Kappus, todo ha quedado dicho y claro en este lugar— dijo el soldado mientras el padre Marcus Kappus y el padre Gilg se despidieron dándose la mano. El religioso de Cucurpe montó su caballo, y todos nos dieron la espalda para empezar su camino de regreso entre las sombras que lejos de la luz de las antorchas nuestras, devorados por la oscuridad con rumbo al Norte siguiendo la orilla del río, a lo lejos solo se escuchaba el sonido de metales que se golpean entre sí con el golpe de los cascos de las bestias en su andar.

Después de esos tensos momentos, todos regresamos al campamento, el padre Gilg caminaba ahora entre nosotros jalando las riendas de su caballo mientras caminaba con todos nosotros, mientras mujeres viejos y niños salían lentamente de entre la oscuridad el monte, las sombras se reunían de nuevo en nuestras ramadas, junto a las fogatas.

Esa noche no se hablaba de otra cosa, y los hombres estábamos listos para salir a buscar a los pimas asesinos que nos hicieron daño, pero eso sería hasta la siguiente salida del sol.

Los que habíamos estado antes en la guerra o en algún combate conocíamos bien a estos soldados, eran los que los españoles llaman la

Compañía Volante de Sonora. Sabemos que están allá arriba, más al Norte de donde termina el río nuestro hacia la salida del sol, donde los españoles llaman Fronteras. Sabíamos que ese es el lugar donde se concentran y que es desde ahí salen para hacernos la guerra, no solamente a nosotros, también a todos los demás naturales de estas tierras, que los extranjeros llaman indios, atacando salvajemente a quienes ellos tengan enfrente, para asesinarnos por considerarnos enemigos de los pueblos donde están los sometidos a su voluntad; y los que escapan del sometimiento de los españoles y padres, los mantienen por la fuerza.

Alguna vez a un viejo hombre de otro pueblo vecino en Cucurpe lo escuche contar que obligaban a su gente a sacar piedras metálicas de la tierra, castigados a golpes y obligados a grandes esfuerzos para ellos, sin comida, sin agua, hasta morir de cansancio o de enfermedad, aquel viejo había conseguido escapar de alguna manera y había conseguido quedarse en Cucurpe ayudando a un padre por que hablaba un poco de la lengua de los extranjeros.

Algunos de los más viejos sobrevivientes del ataque de hace treinta tiempos contra nuestra gente, creen reconocer uno de los rostros entre los soldados que a veces se dejan ver sobre sus caballos en nuestras tierras junto al río, sobre todo entre los más viejos de los soldados, hay quienes aseguran que por lo menos a uno de ellos, a quien siguieron y por mucho tiempo, lo vigilaron de cerca, y estaban seguros de que era uno de los que estuvieron en combate ese lejano día.

El viejo de nuestro campamento me lo dijo una vez, él había estado entre los hombres que lo vigilaron, y también me contó cómo se hicieron pasar por gente que quería bautizarse, en los pueblos lejanos del otro río que los españoles llaman Sonora, hasta llegar lo más cerca posible de los soldados, a veces se movieron por largas jornadas viajando entre los pueblos con el padre Juan Fernández a Ures y hacia el Noreste, hasta que se encontraron con algunos de esos soldados y los reconocieron, desde esos tiempos ninguno de los viejos enemigos queda en la región, algunos murieron sacrificados por los guerreros nuestros que buscaron la venganza, otros se fueron de aquí y no se les vio jamás, algunos han muerto, pero únicamente uno de ellos sigue vivo y aún anda con los enemigos armados, ese que los españoles llaman Francisco Ramírez de Salazar, que hoy es el jefe y uno de los más viejos entre los soldados españoles de ese lugar, de donde vienen estos hombres de guerra de los enemigos.

Los viejos han cantado una canción de guerra con el nombre de este soldado enemigo, han tenido combates en el pasado contra él, pero nunca ha caído en batalla, y hemos jurado hacerle pagar un día por la muerte de nuestra gente, los más viejos nos han pedido no dejarlo morir de viejo y hacer justicia a nuestra gente, entre ellos mi padre, pero el día no ha llegado aún nuestras fuerzas están muy dispersas y lejos de esas tierras.

A la mañana siguiente al salir el sol, nos fuimos a la búsqueda de los asesinos durante varios días, seguimos atentos, concentrados a todos los rastros que habían dejado en su huida de un lado a otro, pero entre cerros de piedra y el agua en el río sus pisadas se volvieron invisibles y las plantas no supieron decirnos en que rumbo siguieron avanzando, hasta ese punto los enemigos pudieron haber ido a cualquier lado, no eran una partida grande de guerra, lo sabemos por sus pisadas, eran solamente cuatro de ellos, pudimos notar que tres de los atacantes eran muy jóvenes por el tamaño de sus pies y uno de ellos era un hombre grande y fuerte, como al menos eso decían sus pisadas en el suelo.

Parecía que simplemente habían desaparecido, ya no pudimos encontrar más rastros, estábamos cansados y frustrados, pero sabíamos que los hombres de guerra como nuestra gente tiene habilidades para alejarse sin dejar rastros, después de eso pasamos los días siguientes y casi todo el resto de esa luna rastreando lentamente y con atención en todos los alrededores, en todas direcciones incluyendo al otro lado del río, pero no encontramos rastros de nadie más y nos concentramos todos en nuestro campamento. Los tenemos en nuestros recuerdos y estaremos atentos para el día de hacer justicia.

Más lunas se habían ido La gente del campamento estaba preparándose para moverse de este sitio pronto, y con ellos mi familia también.

SAN TADEO Y SAN EUSTAQUIO

El tiempo siguió moviéndose y no tuvimos nuevos ataques de los enemigos al campamento, muchos se fueron de nuestro lado, algunos volvieron a sus campamentos, mientras algunas familias se iban con rumbo al Oeste hacia los cerros, esos que el padre Adam Gilg llamaba Sierra Bacoachi a cada rato.

El hombre de la barba sabía que muchas familias nuestras iban en esa dirección para encontrarse con sus parientes, ha estado insistiendo mucho en ir para allá y me ha pedido varias veces que lo acompañe en un viaje, pero yo no había tenido ninguna razón para un viaje tan largo con ese rumbo y dejar sola a mi familia.

No recuerdo bien si fue una luna o más tiempo el que había pasado desde que los demás se fueron, mi esposa y yo sentíamos que también para nosotros había llegado el momento de movernos en otra dirección.

Después de la muerte de mi tío no queríamos quedarnos más tiempo en este campamento, no habíamos decidió irnos antes porque nada nos había faltado, en este sitio teníamos animales para cazar con arco, el agua estaba muy cerca de nosotros, teníamos suficiente comida y hasta antes de esto había otras pocas familias aun, pero con el tiempo se han ido una a una y ahora nosotros somos los últimos que seguimos aquí. Es ahora nuestro tiempo de encontrar un nuevo lugar para estar, como todos los demás nos moveremos también hacia el Oeste.

—Iremos pasando los arroyos hasta alcanzar las otras montañas, donde pueda cazar y encontremos un sitio— le dije a mi esposa *Iizax*.

—Tu familia acostumbraba usar en aquellas tierras antes, y con un poco de suerte encontraremos a la familia de *Hesam* también en esos lugares- —Dijo mi esposa tranquila y confiada de que había llegado el tiempo de ir a otra parte.

Ese día le cuando le dije al padre hacia donde nos dirigíamos de inmediato quiso hacer el viaje con nosotros, estaba emocionado, sabiendo que algunos de los demás que estuvieron en El Pópulo estarían por aquellas tierras.

El padre Gilg me pidió retrasar un poco mi salida por unos días, le dije que eso no era posible porque ya habíamos decidido irnos a la salida del sol.

—Entonces tendré que apurarme yo también— dijo el padre mientras de un brinco y unos pasos largos de sus pies escondidos bajo las telas negras se puso bajo su ramada, de donde entraba y salía hacia la ramada con la cruz de madera que él llamaba la iglesia.

En poco tiempo lo vimos salir con su bolsa de piel colgada al cuerpo, esa en la que lleva cosas en sus viajes, con sus manos acariciaba las cabezas de *cooxp* y *coopol* nuestros perros, despidiéndose de todos nosotros, de un brinco subió a su caballo.

—Volveré pronto con el padre Marcus Kappus, él me acompañará a visitar a los demás de tu gente del Oeste en Sierra Bacoachi, a los Seris Tepocas, el padre Kappus me ha ofrecido llevar alimentos y regalos para tu gente si un día vamos hacia donde ellos viven— dijo el padre Gilg despidiéndose con prisa y poniendo los pasos de su caballo en rumbo al Norte por el río.

El sol no iba aun ni a la mitad de su camino hacia el atardecer, seguramente el padre estaría de regreso antes que llegue la noche. Mientras nosotros habíamos terminado de guardar algunas pocas cosas en atados de piel y terminamos de acomodar lo más necesario en la canasta que mi esposa preparaba para llevar sobre la cabeza. Ese día con nuestro hijo comíamos de la carne seca que habíamos guardado de las cacerías anteriores únicamente acompañada con agua, además de dos grandes liebres al fuego, que nuestro hijo *Hasoj Ctam* pudo cazar con su pequeño arco.

Iizax había limpiado las pieles de las liebres quitándoles los pedazos de carne y grasa que le quedaban pegadas, raspando su interior frotándola con la poca sal que nos quedaba. Había pasado mucho tiempo desde la última vez que fuimos al mar y se estaba terminando. Nos llevaríamos esas nuevas pieles porque *Iizax*, mi mujer, estaba haciendo una nueva manta para nuestro hijo con las pieles de las liebres.

Antes de la caída de la noche volvió el padre Gilg en compañía del padre Marcus Kappus, ambos en sus caballos, este hombre de *yooz* al igual que él padre Gilg vestía las mismas mantas largas y negras sobre todo su cuerpo, tenía una cruz colgando en su cuello, su cabello era de color claro como las puntas de los cabellos de nuestros niños cuando se queman al paso de los años bajo el sol, volviéndose de colores dorados, el religioso como nuestros niños también tenía crecido el cabello hasta los hombros, lo que más nos llamaba la atención era su cabello que no es como el nuestro, al igual que el del padre Gilg, sus mechones de cabello se enrollan sobre sí mismo, y ninguna de nosotros teníamos esa clase de cabello, era bastante extraño verlo —Es por su sangre que es diferente, tiene cabellos diferente, y son muy peludos, que feo— así había dicho alguna vez una de las mujeres más ancianas que estuvo en El Pópulo hace poco tiempo. El padre Kappus era bastante delgado, tampoco era español y se notaba en su manera de hablar muy similar a la del padre Gilg, parecía que ambos venían de un lugar donde hablan diferente a los españoles. En una plática anterior el Padre Gilg me dijo que este otro religioso venia de una tierra tan lejana como la suya que se ellos llaman Austria o algo así.

Con ellos con nosotros empezamos a dar los pasos hacia el Oeste en busca de aquellas tierras. Cuando nos acercábamos a nuestro destino, desde lejos nos vieron los hombres del campamento de *Hesam*, las ramadas de la gente apenas se distinguían entre la vegetación, estaban muy bien escondidos, yo alcanzaba a ver unas cuatro nada mas pero se veía mucha gente moviéndose, era un campamento grande, debía haber más de cuatro ramadas.

Yo miraba a las personas del campamento salir de entre sus casas agruparse y avanzar hacia nosotros con arcos en mano, caminaban en fila hacia nosotros y a veces moviéndose rodeando los pocos árboles que había entre donde ellos estaban y nosotros.

Si hubiéramos sido enemigos mis flechas únicamente golpearían al hombre del frente pero no a los demás. Pero afortunadamente pude ver que el segundo entre los hombres que se aproximaban era nuestro amigo, era *Hesam*. Me llené de paz al verlo.

—Hesam, he ha— le grité, llevándome las manos a los lados de mi boca para hacer más fuerte mi voz, que rebotaba entre la montaña y el valle.

—He cmiique hi, hetax xiica apait atonic— les dije que yo era de nuestra tribu y que traíamos comida.

—Xiica quistoj paartoj qui cah, españolej Zimah— les dije que mis acompañantes eran padres y no españoles.

—jiiiiiiiiiha— Grito *Hesam* desde lejos.

Me detuve en ese momento y les pedí a los dos padres detenerse también. Debíamos esperar a los dueños de esta tierra, a los jefes de este campamento para presentarnos y explicar que hacemos en su suelo.

En poco tiempo estuvieron frente a nosotros. Dejaron al joven *Hesam* estar al frente, que mirándome de manera desafiante y serena, con gran hostilidad en su postura pero con la paz en la mirada, me dijo:

—Se quién eres tú y también conozco al padre Gilg, ¿Quién es el otro padre y que hacen aquí?—

— El padre es Marcus y viene de Cucurpe, y viene con el padre Gilg a traer regalos, comida y tela a todos, traen las vacas para comer con ustedes, y trae el bautismo a los que quieran tener bautismo, vienen en paz, mi familia y yo venimos a quedarnos con ustedes también por algún tiempo.

El padre Gilg y el padre Kappus caminaron al frente, saludaron a los hombres y les dieron un atado de carne seca y un collar de bolitas con una cruz, de esos que ellos hacen y usan, y extendieron la mano abierta con la palma al cielo en señal de paz, *Hesam* les devolvió el saludo.

— Gracias hijo, *Hesam* es tu nombre te recuerdo del Pópulo, me da gusto encontrarte, el amor de dios te ha cuidado— los hombre que nos habían recibido hablaron entre ellos por un poco de tiempo y después relajaron sus arcos, algunos se pusieron contentos al saber que habría carne de vaca para comer con los padres, no era cualquier cosa, no tener que salir a cazar caminando lejos y cargando en algún tiempo era algo de apreciarse por cualquier cazador.

—Iremos adelante para decirle a todos— dijo *Hesam* mientras se adelantaron al campamento a avisar a los demás.

Nosotros seguimos avanzando despacio para darles tiempo de hablar con su gente y caminamos al paso de las vacas que se movían lentamente con rumbo al campamento de *Hesam*.

—San Tadeo— ese nombre aún resuena en mi cabeza, era extraño, era distinto, como casi todo lo que los religiosos dicen y hacen. Era el nombre que el padre queria para este lugar, casi nadie lo entendió en aquellos días.

El joven *Hesam* les dijo a todos lo que los dos hombres raros, esos hombres de *yooz*, habían venido. Muchos se acercaron por los regalos, los padres bajaron de sus caballos dos costales donde traían telas, collares, algunos de esos pedazos de cristal en los que podíamos vernos a nosotros mismos con una claridad impresionante, que parecían cuadritos delgados de agua sólida que hacia mirarnos a nosotros mismos, como cuando nos agachábamos en los aguajes sobre el agua en los días nublados.

Las mujeres los rodearon inmediatamente, como hormigas a un insecto muerto, todas extendiendo las manos, los dos religiosos quedaron sumergidos en un mar de manos y voces que les decían — es mío, es mío, dámelo, *cocsar* tacaño, *cmaacoj* dame una tela— las mujeres competían con las manos y su hombros por los trozos de tela, algunos collares se rompían entre el jaloneo, si eran veinticinco o treinta mujeres eran pocas, yo no podía ni contarlas, uno que otro hombre curioso miraba de cerca a la multitud de espaldas y trenzas de mujeres que era lo único que se podía mirar.

Las voces no se detenían, algunas se encendían con fuerza y se veían salir del montón de polvo del suelo, alguna que daba la espalda a la lucha por los regalos de los religiosos, porque en sus manos levaban una o más cosas ya, y se retiraba antes de que alguien más le arrebatara algo. Los ojos y las manos de los padres de volvían locos, pero sonrientes, fueron solo unos minutos, pero parecieron horas, los padres intentaban conversar en su lengua, únicamente el padre Gilg decía en nuestra lengua.

—*Tazo, tazo,* uno, nada más uno— decía el padre en nuestra lengua mientras la multitud de manos y voces lo ignoraba con singular alegría.

Por unos momentos las mujeres que habían forcejeado y competido por los regalos, llegaron a ofenderse y parecía que podían terminar en un pleito, pero tan pronto como terminaron de repartirse las cosas cada una volvió a sus campamentos, con sus familias, unas renegando por las cosas que les quitaron, otras enojadas porque alguien más se llevó más cosas que ellas habían agarrado. En poco tiempo en cada campamento se dedicaron a ver con sus familias las telas, con aprecio y alegría, algunas no tardaron en adornar sus cuerpos con los collares, y pronto todas las tensiones se volvieron humo, mientras los religiosos terminaron agotados y con costales vacíos en las manos.
Era el turno de los hombres que uno a uno, o de dos en dos, se aproximaban a los religiosos pidiendo a señas sus camisas, ropas o cuchillos, los padres sacaron un costal más pequeño que aún quedaba en el caballo del padre de Cucurpe.

Cuando el padre Kappus abrió el pequeño

costal, algunas prendas de vestir de hombre se asomaron ante nuestros ojos. Eran pocas las prendas pero los que estaban más cerca recibieron esas ropas que de color blanco, las telas se veían viejas algunas sucias de polvo y tierra, en otras se veían manchadas por líquidos secos que quien sabe que podían ser.

A mí nunca me han gustado las prendas que visten los extranjeros, son calientes, son extrañas, sentir algo por encima del cuerpo todo el tiempo era bastante extraño, pero a muchos les gustan y dicen se sienten bien con ellos sobre el cuerpo, las pocas telas con forma de cuerpo que llegan a los campamentos son apreciadas. Solo algunos ancianos nos dicen que somos unos locos por no gustarnos, nos dicen que estamos mal o que somos hombres con mucho odio en el corazón a los extranjeros, pero al menos a mí no me gustan.

En ese lugar duramos muchos días, el campamento era enorme, había cientos de nosotros en ese lugar, hacía mucho tiempo que no estábamos en un campamento tan grande, las voces de mujeres y niños se escuchan todo el día, desde el amanecer, desde los primeros humos de las fogatas hasta que la noche lo envuelve todo.

Cientos de *comcaac*, éramos tantos que no los conocíamos a todos y escuchábamos toda clase de historias, gente que venia del mar frente a la isla, otros venían de las costas y los cerros más al Norte de la isla, esos eran los que los padres llaman extrañamente —Tepocas—, los he oído llamarlos así, pero entre nosotros les decimos *Xiica hai iicp coii* para nosotros son los que viven donde viene el verdadero viento, hacia la estrella que no se mueve nunca, y ahora estábamos ahí entre ellos.

Los padres hacían sus rituales extraños, los veíamos a la distancia cada día, ellos acampaban cerca de nosotros donde mi familia y la familia de *Hesam* estábamos. Sus animales estaban amarrados bajo los árboles cercanos a la sombra, los niños, mujeres y hombres rodeaban los grandes animales y los contemplaban por largas horas.

Los niños jugaban a su alrededor y uno que otro se quedaba casi congelado, perdido en las historias de los más viejos que vieron estos animales desde hacía decenas de tiempos por estas tierras, y que les contaban cómo fueron sus encuentros con los animales esos y los feroces hombres que los protegían.

Mientras los días avanzaban, miré a muchas familias de mi gente traer a sus niños desde los que recién habían nacido en brazos de sus madres hasta los más grandes que casi se convertían en pequeños adultos, muy jóvenes, sus padres los traían delante de los padres para recibir el agua en la cabeza de manos de los extraños hombres del dios y con ello un nuevo nombre, un nombre en la lengua extraña de los que vienen de otras tierras.

Uno de esos días desde donde habíamos acampado, afuera de nuestra ramada mi esposa había sacado sus materiales, y estaba tejiendo un nuevo plato de toróte, estábamos sentados a la sombra de un árbol de mezquite, cuando mi hijo me habló sacándome de mi mente perdida viendo la multitud alrededor de los padres y esa cruz, mirando esas manos que se movían dibujando la cruz en el aire ante las personas.

—Papá, ¿a mí me van a bautizar?— me pregunto *Hasoj Ctam* viendo a las personas que venían por bautismo y luego mirándome a mí.

Por un momento no supe cómo responderle y guarde un silencio mientras pensaba que responder. A mí no me gusta que mi gente use los nombres en la lengua de los extranjeros, muchos piensan que hay poder en estos hombres, pero yo no he visto ningún poder, muchos creen que vienen del creador, que estas personas pueden venir de *Hant Caai*, de *Cmaacoj Cmasol* o de alguna de las formas en que el espíritu creador y su poder superior se manifestó en esta existencia, pero yo no puedo creerlo. Muchos piensan como yo, muchos creemos que no está bien usar nombres en su lengua, que no está bien recibir el agua, muchos más creen que son el enemigo igual que los soldados y los españoles. Yo no sé lo que estos hombres de ropa negra en verdad son, pero a veces creo que lo que ellos hacen afecta nuestro espíritu, y nos puede matar.

He visto a muchos morir después del bautismo, he visto campamentos enteros hasta el mío caer en medio de extrañas enfermedades, mientras veo que los padres son simplemente hombres, de otras tierras, de otras lenguas pero simplemente hombres, bastante raros y algunos a veces parecen buenos, pero no quiero que mi hijo reciba el agua, ni tampoco nombre en la lengua de los españoles.

—No lo sé hijo... en verdad no sé por qué lo hacen, tampoco puedo entenderlo, hay cosas que no puedo explicar, porque ni siquiera yo puedo entenderlas— le contesté, mientras pasaba por mi mente que nunca en mi vida como padre había dicho algo así, era la primera vez que yo no podía tener una respuesta a una pregunta de mi hijo.

—No lo necesitas, tienes un nombre, *Hasoj Ctam*, tienes un espíritu fuerte, no necesitas de ellos, eres c*miique*, muy pronto serás un buen cazador, aprenderás a viajar en el mar y algún día serás un *haaco cama* y un *ctam coca* de tu pueblo, un hombre valiente, un guerrero sin miedo y un hombre de poder— le dije recordándole que cuando llegue su tiempo encontrará quien es en verdad.

—Han pasado cinco vidas desde que estos hombres llegaron y andan por estas tierras muchos creen que ellos son especiales, pero yo solo puedo decirte que tu familia antes que tú te hicieron fuerte, te dieron espíritu fuerte— le dije al pequeño hombre ante mí.

—*Heha*— Contestó mi hijo, aceptando mis palabras, sin preguntar nada más, mientras seguíamos viendo la gente bautizarse.

—Que feo— dijo mi esposa con fibras de torote entre sus dientes, levantando por un momento la mirada de su tejido, viendo a tanta gente bautizarse.

Ese día el padre habló mucho a la gente, estábamos la mayoría sentados alrededor de él, escuchando sus palabras en ese español extraño, en su acento tan raro, repetía y repetía el nombre de la fuente del poder que ellos tienen, su dios. Además de mi algunos otros que medianamente entendíamos su lengua, unos más, otros menos, pero convertíamos las palabras de aquel hombre en un relato que no tenía mucho sentido, parecían viejas historias de su pueblo, parecían historias de un tiempo diferente, mientras nosotros buscábamos las palabras en nuestra lengua para los que no sabían nada del idioma del religioso.

Ese día en nuestras mentes intentábamos formar la imagen de hombres con alas que el padre decía que eran buenos y servían a su dios, de su creador, decía que era él quien hizo la tierra y toda la existencia, sonaba mucho como nuestro creador *Hant Caai*, las coincidencias en eso eran demasiadas no podía ser algo distinto, pero ellos le llamaban dios, eran relatos muy extraños.

El padre intentaba decirnos que dentro de

nosotros había algo que no se mira, pero que todos tenemos, él la llamaba alma, cuando el padre hablaba de eso algunos de nosotros pensábamos que sonaba muy parecido a lo que nosotros llamamos *iisax*, que funciona de maneras misteriosas para los que estamos con vida.

Hablaba del cuerpo del hombre, decía cosas que nosotros no sabíamos como entenderlas en nuestra lengua, hablaba de algo que él llamaba pecados, una y otra vez, de una vida después de la muerte pero de una forma diferente a lo que nosotros sabíamos, y hablaba tanto de eso que él llamaba la Fe, que para cuando nosotros hicimos lo posible por decir el mensaje del religioso en nuestra lengua, al final todo había sido inútil, pudimos entender muy poco, nada de lo que decía parecía tener sentido a veces, sonaba como la conversación de alguien que habla de un mundo diferente, la lengua y la vida de los otros, de ellos, o las nuestras parecían que simplemente no eran algo que no podía explicarse.

Cuando el padre terminó de hablar, todos se levantaron cansados y se fueron a sus campamentos, muchos se habían ido antes cuando se aburrieron, el padre hizo la señal de la cruz con sus manos, diciendo —*yooz* con ustedes— parecía que por fin se había resignado a decir el nombre de su dios como nosotros lo hacíamos, en lugar de seguir intentando decirlo como ello lo hacen.

El padre tenía una cara de terrible decepción de ver su mensaje que tan intensamente dio usando palabras en su lengua, no pudo llegar a nuestra gente como él quería. Aun que era común, eso difícilmente se podía comunicar más allá de las señas y algunas pequeñas palabras.

El padre Gilg parecía no poder entender cómo es que no podía hacer que nuestra gente hiciera aunque sea gesto durante sus pláticas, pero la gente intentaba ponerle atención, simplemente que el mensaje era bastante extraño.

El padre Marcus Kappus se despidió de nosotros, el seguiría por su cuenta su camino directamente desde nuestro campamento con rumbo a su pueblo, Cucurpe, otros del campamento de *Hesam* lo acompañarían ese día, y los vimos salir caminando junto al caballo del padre y sus costales vacíos colgando a los lados de su caballo, aunque probablemente no hasta el pueblo, porque muchos los indios de su misión y nosotros somos enemigos de guerra.

El padre Gilg se preparaba también para dejar el campamento nuestro, él y el padre Marcus Kappus llamaban a nuestro campamento San Tadeo, decían que sería una misión o un pueblo de los que ellos visitan desde sus misiones.

Ese día *Hesam* y yo acompañamos al padre Gilg en su camino de regreso, y cuando íbamos con rumbo al Pópulo a dejar al padre Gilg, *Hesam* nos mostró otro camino. Nos dijo que había otro campamento de su gente cerca a medio camino entre el Pópulo y la sierra donde estábamos nosotros cerca de un arroyo.

Cuando llegamos eran solo unas cuantas ramadas de algunas familias, algunos de los que habían estado en el Pópulo con nosotros y otros que *Hesam* conocía, el padre decidió detenerse ahí, con la gente por un breve tiempo.

El padre Gilg se bajó de su caballo y saludó a las personas en su lengua, muchas mujeres se reunieron a su alrededor esperando telas o regalos, mientras nosotros platicábamos con los hombres contándoles del buen tiempo que tuvimos en el campamento, con los regalos y la comida. Eran solamente unas seis familias.

Mientras nosotros aun platicábamos con las personas, el padre Gilg rápidamente cortó dos troncos delgados que había a las afueras del campamento, los amarró en forma de cruz y los enterró en la tierra, la frágil cruz de madera estaba junto al campamento de la gente. Algunas mujeres le llevaron a unos cuatro pequeños, eran tres niños y una niña, que ya caminaban, yo creo que tendrían apenas unos ocho tiempos o menos de vida, el padre pidió un poco de agua, que le llevaron en una olla de barro, después de algunas palabras en su lengua con los ojos cerrados, mojó la cabeza de los pequeños niños, dándoles un nombres en su lengua, las señoras estaban contentas, mientras los pequeños con las cabezas mojadas no sabían que sucedía y solamente se reían entre ellos viendo confundidos a sus madres.

De un costal ya bastante flaco el padre sacaba las pocas telas y collares que le quedaban, algunas camisas de tela para los hombres, algunos pedazos de telas para las mujeres repartió los collares hasta que sus manos no tacaban más objetos en el fondo del costal, se habían terminado los regalos ante la desilusionada mirada de las mujeres que no alcanzaron cosas, el mismo padre se veía algo triste por eso, pero les dio la espalda para poner el costal vacío de nuevo en su caballo.

La tarde comenzaba a caer, y aun nos quedaba un poco de camino para llegar al Pópulo.
La noche estaba por caer, yo le dije al padre que volvería al campamento de *Hesam* para estar con mi familia antes de que la noche estuviera sobre nosotros.

Hesam me dijo que él acompañaría al padre Gilg en su regreso al Pópulo y me pidió que le avise a su familia que volvería al día siguiente. Cuando estaba por irme, el padre Gilg me dio la mano a la manera de los saludos de los hombres que no son de estas tierras.

—Gracias hermano mío, sin tu ayuda y la de *Hesam* mi trabajo hoy no hubiera sido nada, dios les pague a ambos, estoy feliz por estar aquí donde de ahora en adelante llamaremos San Eustaquio, un pueblo más de visita para El Pópulo— me dijo el religioso en su lengua.

—*Heha*—solamente dije inclinando un poco mi cabeza viéndolo a los ojos, mientras les daba la espalda para volver a mi campamento.

Comenzamos a caminar en sentidos opuestos, ellos se dirigían al rio, *Hasoj Cooil*, mientras yo le daba la espalda al amanecer para dirigirme a la sierra frente a mí, iba preparado con mi arco por si veía un animal para comer en el camino, pero no tuve suerte. Ninguna *ziix ina quicös*, cerdos salvajes como le llama el padre, ni tampoco venados aparecieron en mi camino, únicamente alguna liebre, pero no me detuve para no perder la poca luz que me quedaba mientras el cielo ya se ponía rojo sobre mí.

Cuando estaba cerca, casi por llegar al campamento donde estaba mi familia vi un pequeño niño parado a lo lejos, viéndome atentamente, era mi hijo que comenzó a brincar de gusto al verme venir, aunque no escuchaba aún por la distancia, no sé por cuanto tiempo había estado ahí esperando mi regreso, él fue corriendo a decirle a su madre, *Iizax*, que yo venía regresando, y de una carrera veloz instantes ya estaba conmigo, tras de él *cooxp* y *coopol* los perros venían jugando correteando a su lado.

Cuando me alcanzó abrí los brazos para él y lo cargué, mientras caminaba con él en mis brazos traía los perros a los dos lados mordiéndome los pies hasta que llegamos nuestra ramada.

—Dile a la familia de *Hesam* que él se fue acompañando al padre Gilg con rumbo al Pópulo y mañana al salir el sol estará con nosotros de regreso— Le dije a mi esposa, mientras ella se levantaba para ir con rumbo a donde estaba la madre de *Hesam* en el campamento.

Cuando *Iizax* llegó con ellos la mujer golpeaba y clavaba una aguja de hueso de venado en un plato de toróte que estaba tejiendo, la madre de nuestro amigo únicamente levantó la mirada con fibras de toróte entre los dientes mientras les daba el mensaje.

Los demás parecía que ni siquiera pusieron atención, pero se quedaron tranquilos de escuchar el mensaje, no comentaron nada. Las fogatas se empezaron a encender en el campamento. Algunas abuelas lloraban por los que nos están, una voz débil de un viejo cantando se escuchaba con un ritmo tranquilo, mientras *Iizax* volvía con nosotros para descansar, y yo también lo necesitaba después de tan larga caminata.

Tomé un poco de agua que mi mujer me dio en un vaso de barro. Nuestras pieles estaban ya extendidas en el suelo y estábamos listos para dormir bajo la oscuridad del cielo que esa noche apenas se veía iluminado por una luna débil y algunas estrellas que parpadean sin descanso, como cuando dicen los viejos que viene el viento fuerte.

De ese modo únicamente pensando en que pronto viene el viento fuerte todos cerramos los ojos y nos fuimos al sueño en medio de la noche.

No sé ni cuánto tiempo había dormido esa noche, pero un fuerte grito rompió mi sueño, era el desgarrador llanto de una mujer que gritaba con todas sus fuerzas de dolor desde lo más profundo de su ser. No sabía qué pasaba pero rápidamente despertamos todos.

— ¿Mamá qué pasó?— preguntó nuestro hijo, que también despertó asustado y confundido sin saber que ocurría, mientras yo me levantaba rápidamente con arco y flechas en las manos, sin esperar más me dirigí a donde se escuchaban los gritos.

—Papá va a ir a ver qué pasa— le decía mi esposa a nuestro hijo, tratando de distraerlo manteniéndolo sereno.

Todo el campamento se levantaba al mismo tiempo que yo en medio de la oscuridad, varios fuegos que danzaban aún con el viento suave sobre palos encendidos en las fogatas iluminaron a todos al avanzar a donde escuchábamos los gritos de dolor en medio de la oscura noche.

Los gritos venían del campamento de la familia de *Hesam*, era su madre quien lloraba, mientras nosotros apenas nos dirigíamos a ellos, todas las demás mujeres de su familia comenzaron a llorar con gran fuerza también después de unos murmullos, los gritos y el llanto de dolor se habían multiplicado.

Yo apresuré mi andar casi corriendo hacia ellos, el lugar se iluminó mejor con los palos de fuego en las manos de unas diez personas del campamento que llegamos casi al mismo tiempo. Había llegado gente del campamento del medio, donde estuvimos antes del anochecer con el padre, en el valle. La madre de *Hesam* golpeaba mi pecho mientras gritaba y lloraba diciendo:

—Lo mataron, a mi hijo lo mataron— gritándolo mientras recargaba su rostro lleno de lágrimas contra mi hombro y gritaba hasta casi desmayarse.
—Mi hijo, mi pequeño hombre, mi niño, mi niño está muerto, mi hijo, es mi hijo y ya no está con vida— decía la pobre mujer y yo no entendía que pasaba.

—Nos atacaron los pimas, destruyeron nuestro campamento, quemaron nuestras ramadas, mataron a varios de nuestra familia, y solo algunos pudimos escapar—dijo el hombre que vino con la terrible noticia.

—Salimos a buscar a los pimas que nos hicieron esto, en el camino los enemigos alcanzaron a tu amigo *Hesam* y lo mataron con una flecha por la espalda— el hombre de *yooz* pudo escapar en su caballo con rumbo al río a tu tierra, al Pópulo— decía el hombre con la mirada llena de lágrimas, cansado, con su cabello desarreglado, lleno de polvo y tierra, mientras el fuego de las antorchas le iluminaba una herida aún abierta en el hombro.

—Me dieron con una flecha, cuando nos defendimos pero escaparon rápido pero habían atacado por sorpresa cuando lo noche estaba cayendo, nosotros los seguimos hasta perderlos, se han escapado al Sur— dijo el mensajero herido.

La familia de *Hesam* sentó a su madre en su ramada, mientras todos lloraban.

—Quiero ir con mi hijo, quiero ir donde está mi hijo, tengo que ir con mi hijo— decía desesperadamente la mujer, con la voz hecha pedazos de dolor.

—Queremos pedirles que nos dejen acampar con ustedes, cerca por lo menos, aquí son más hombres, podemos pelear si vienen de nuevo, mi familia y los demás sobrevivientes estamos aquí en lo oscuro a unos pasos— dijo el hombre recién llegado.

—vengan, apúrense no estén ahí vengan con nosotros— les dijo uno del campamento apurándolos.

De entre las sombras salieron niños, mujeres viejas, y una mujer con solo dos niños, era la misma que había llevado cuatro pequeños a bautizar esa mañana, ahora solo tenía dos niños pequeños consigo. Eran los mismos que vi alegres, ahora los miraba caminar heridos de flechas algunos, otros sanos pero heridos del alma, eran la tristeza verdadera ante nosotros en medio de la noche.

Me ofrecí para ir a traer el cuerpo de *Hesam* de donde hubiera quedado, para que su familia pudiera enterrarlo, para que puedan guiar su espíritu con el llanto y el canto al mundo de los muertos.

Cuando dije que iría algunos hombres del campamento que el padre llamó San Eustaquio dijeron que me acompañarían, eran solo tres de ellos, dos muchachos muy jóvenes, uno de ellos herido pero le pregunté si aún podía sostener y tirar con su arco, con dolor en un brazo por una herida de una flecha que no encontró su cuerpo pero si cortó su piel al rozarla, el joven sostuvo el arco y la flecha pudiendo hacer posición de tiro, todos nos quedamos más tranquilos después de ver eso. La gente se organizó ese día en el campamento, las mujeres todas pusieron a los niños como una sola y gran familia en el centro del campamento, los hombres algunos con pequeños fuegos ardiendo en palos en sus manos otros a oscuras se instalaron en todo alrededor del campamento a unos diez pasos del centro. Entre ellos quedarían por un poco de tiempo hasta mi regreso mi mujer y mi hijo.

—Vuelvan pronto—dijo mi *Iizax* cuando estábamos por irnos.

A los hombres que estaban dispersos alrededor del campamento sus esposas y madres les llevaron un poco de agua para que tomen mientras cuidaban el campamento por el resto de la noche. Las personas se volvieron unas cuantas figuras medio iluminadas de rojo y naranja por el fuego ardiente de los palos de las pocas fogatas, que parecían hacer más lento el tiempo para todos, hasta los perros del campamento andaban inquietos de un lado a otro y el menor ladrido de uno nos ponía a todos en alerta.

Caminábamos tan rápido como podíamos, habíamos avanzado tanto que nuestros cuerpos estaban ya sudando, cualquiera se hubiera detenido a descansar pero la fuerza de estos hombres era impresionante, para ellos es la segunda vez que recorren este viaje en lo que va de la noche, se movían rápido, con precaución, al llegar a espacios abiertos parecían rodear la falta de árboles buscando los arbustos y las orillas con vegetación entre los arroyos, ellos volteaban hacia los cerros que nos rodeaban y se movían hacia el amanecer que apenas pintaba ligeramente el cielo negro de color azul profundo como el mar que vemos en los sueños.

Mientras caminábamos a prisa nadie hablaba, parecía que ni siquiera respirábamos, el único ruido que escuchábamos parecía verdadero escándalo en medio del silencio, eran nuestras pisadas en el monte y nuestras piernas golpeando las ramas al avanzar.

Entre los constantes crujidos de nuestros propios pasos, avanzábamos en una línea, los cuatro, siguiendo las pisadas del que iba enfrente, para no dejar más rastros. Nuestros pasos se detenían por breves momentos solamente para voltear al Norte y también al Sur en algunas partes del camino, para ver a los cerros y algunas veces también las estrellas para orientarnos.

Cuando al fin llegamos no hubo tampoco ninguna conversación, únicamente me señalaron el lugar donde ellos envolvieron el cuerpo de *Hesam* con pieles de venado, de las pocas que les quedaron después del brutal ataque. El sitio donde *Hesam* y el padre Gilg fueron atacados estaba a medio camino hacia El Pópulo, y según contaron los sobrevivientes ocurrió justo después del brutal ataque al campamento de ellos, los habían alcanzado por la espalda y no había manera de que los vieran venir.

No podía saber cuál fue el destino del padre Gilg, si iban juntos probablemente estaba muerto más adelante, aunque de momento únicamente se ven las pisadas de su caballo en el suelo alejarse con pasos largos, desde el punto del ataque, el suelo y las plantas no me decían nada más.

—Las dos flechas que le quitaron la vida a tu amigo por la espalda tenían la punta pequeña y estaban acostadas en la punta de la flecha— me dijo el hombre que nos había llevado hasta ese lugar.

—No eran flechas de cacería para venados o animales, venían a matar personas— dije después de escucharlo.

Eso fue todo lo que platicamos, no podía dejar de pensar que tendríamos que mover a toda nuestra gente a un lugar más seguro al volver con ellos. Cargué con el cuerpo envuelto de *Hesam* de regreso al campamento de su familia, la fuerza no me hizo falta, pero sabía que estaría cansado después, aún era noche pero el cielo poco a poco dejaba atrás la oscuridad. Las estrellas ya habían girado sobre nosotros alrededor de la luz del Norte que no se mueve nunca. Llegamos de regreso con nuestra gente antes de la salida del sol.
Cuando entregamos el cuerpo de *Hesam* a su madre, le lloraron lo tocaron y prepararon su ritual de la muerte para enterrarlo como debía hacerse, como él merece, en otra familia del campamento estaban los padrinos de muerte de ellos y en poco tiempo entre una fogata con humo, aparecieron pinturas blancas sobre el cuerpo del padrino de muerte que parecía dibujar en su piel los huesos que todos tenemos dentro. Su padrino de muerte, *hamac cacaatol,* preparó y sepultó el cuerpo de *Hesam*. Pusieron a su lado sus objetos más preciados, su arco sus flechas.

Las dos flechas que le quitaron la vida habían sido quemadas por su madre en un ritual algo extraño, deseando una muerte igual y maldición a los suyos, hambre, enfermedad y lo peor a quienes arrancaron la vida de su hijo.

En poco tiempo cuando apenas el sol estaba empezando a sentirse, y la luz comenzaba a hacer el día, *Hesam* estaba descansando por siempre bajo el suelo, mientras en su familia le entregaba el llanto que merece su partida por el tiempo que tarde el corazón en volver a ser fuerte y en abrazar su recuerdo.

Para el resto de nosotros no terminaba nada ahí, de nuevo tendríamos que movernos todos, el campamento había dejado de ser seguro, y el agua estaba lejos. Los enemigos podían andar en cualquier parte y emboscarnos cuando fuéramos a traer el agua.

Íbamos todos caminando en una larga fila de familias moviéndonos hacia la salida del sol, buscando alcanzar las tierras de mi familia junto al río que de nuevo serian el refugio de toda esta gente y otros más que nunca habían llegado hasta allá.

Nos movíamos con prisa, nadie había comido, únicamente llevábamos el agua que nos quedaba, parecía que hasta los más viejos sacaban las fuerzas desde lo más profundo de su cuerpo para seguir el paso de todos nosotros, llegamos al medio día, el sol estaba en lo alto arriba de nosotros y nos acomodábamos buscando sombras. Otros del campamento y yo nos fuimos a la ramada del padre donde lo encontramos en muy mal estado, se miraba terrible, parecía que no había dormido nada, su rostro aun lleno de polvo, y suciedad que dejaba ver que las lágrimas habían marcado su cara hasta desaparecer entre su barba.

—Hijo mataron a *Hesam*, lo mataron en la oscuridad del camino cuando iba a mi lado, yo apenas pude escapar, los que hicieron esto estaban entre el monte, no pude ver nada—fue todo lo que el padre pudo decir para después agachar la mirada, para llevarse las dos manos a la cabeza y sumirse de nuevo en su tristeza, ni siquiera parecía notar que nunca habíamos habido tantas personas en el campamento.

—*Hesam* descansa ya, su familia le dio el descanso— le dije.

En eso estábamos cuando la gente afuera comenzó a rodear la cabaña del padre, nosotros salimos a ver entre reclamos, puños cerrados de mujeres que parecían lanzarse contra él hombre de mantas oscuras y largas, en un coro de voces molestas y agresivas, todos nos convertimos en una jaula humana para el religioso.

—Los españoles cuidan a los asesinos de nuestro pueblo, todos estamos enojados— le dije.

—La gente está enojada porque tu no haces nada para que los españoles defiendan la tierra de nuestra gente de los ataques, ellos nos atacan a nosotros también— le decía mientras todo pensaba que nuestra gente castigaría al religioso en ese momento, pero por alguna razón no fue así, algunos dijeron que este hombre no tenía la culpa.

Aun así una mujer abriéndose camino entre todos nosotros, llegó hasta golpear el pecho del padre varias veces con los puños, mientras un doloroso llanto nacía de su voz, era la madre de *Hesam*, que maldijo al padre para toda su existencia y lo culpó para siempre por la muerte de su hijo y por la muerte de todos los demás. La dolida madre renegó y dijo que desde el momento en que esa gente extraña puso un pie en nuestra tierra la muerte se puso sobre todos nosotros.

Esa noche en el campamento, estábamos en medio del doloroso llanto la mujer por haber perdido a los nuestros, el lamento salía de la mujer más anciana de la familia de otro hombre que también perdió la vida, en medio de su dolor ella elevó una maldición tan fuerte como nunca la había escuchado nunca en nuestra lengua, ella le pidió a las fuerzas que no se ven pero que controlan la existencia que aunque pasen más de tres mil lunas después de este día, la voz entera del pueblo de los indios que se llaman a sí mismo Tehuima se dejará de escuchar en este mundo, apagándose el sonido de su existencia mientras nuestra voz y nuestras canciones se seguirán escuchando a lo lejos en medio de la eternidad. Fue entonces que aun debilitada por su fuerte llanto, dejó de escucharse hasta en lo más lejano de la noche y hasta que ella cayó en el sueño provocado por el agotamiento, fue entonces que volvió a nosotros el silencio muy tarde, mientras la luna avanzaba al final de su camino sobre nuestro cielo.

Todos nos preparábamos para la guerra, esa noche entre nubes que oscurecían a la luna danzamos y cantamos, los hombres hablaron con fuerza para darnos espíritu de guerra, preparábamos arcos, flechas, cuchillos y lanzas, iríamos en gran número a buscar a los enemigos entre los montes antes de la salida del sol. Mientras el viento de este tiempo y el frio hacían nubes sobre nosotros hasta que en medio de la noche el agua del cielo comenzó a caer apagando las fogatas, todos nos metíamos en nuestras ramadas, entre truenos del cielo, rayos y una lluvia cada vez más fuerte el campamento detuvo su actividad.

El agua caía cada vez con más potencia, parecía que el cielo mismo lloraba por la muerte de *Hesam* con gran fuerza. El padre veía desde su lugar el terreno en el que había sembrado unas lunas atrás, miró como el agua destruía a las pequeñas plantas, se formaban arroyos y charcos ante su mirada que dejaba ver su derrota, después de un poco de tiempo la siembra del padre estaba destruida y todo el terreno lleno de charcos y lodo.

La lluvia no se detuvo, parecía eterna, nuestros arcos se mojaron, el nervio de venado estaba húmedo y no podríamos usarlos para hacer la guerra.

No habíamos visto el sol sobre nosotros,

existíamos por debajo de la agradable sombra de las nubes que no se fueron en todo el día. Un extraño atardecer se formaba poco a poco ese día en el cielo, el sol no quemó nuestra piel directamente ese día.

Cuando la lluvia se detuvo muchos comenzamos a prender fuego, con grandes dificultades por que todo estaba mojado, un denso humo salía y lentamente las fogatas se encendían.

Nos reunimos casi todos los hombres, entre todos y hablamos sobre ir a la guerra, y el más viejo del campamento de *Hesam* nos dijo unas palabras que apagaron el fuego en nosotros como la lluvia de ese día lo había hecho con nuestras fogatas.

—Sus arcos no sirven en la humedad, todo el terreno hasta el mar está lleno de agua y lodo, no podrán caminar, ni pelear o correr, tendrán que esperar— dijo el viejo mientras todos lo mirábamos con impotencia, pero con profundos deseos de venganza y atacar a los enemigos, pero nada de lo que dijo estaba equivocado, tenía razón en todo. Decidimos esperar un mejor tiempo.

Cuando el lodo en el suelo empezaba a desaparecer y la lluvia ya no estaba sobre nosotros, todos se fueron del Pópulo, las familias caminaban en silencio en distintas direcciones, y en poco tiempo nosotros también lo haríamos, pero no en ese momento.

Fue lo mejor, éramos demasiados, y la comida no es suficiente para todos en un solo lugar, teníamos que estar dispersos cada quien en tierras alejadas para poder cazar, por lo menos habría agua suficiente en muchos lugares para todos después de las lluvias.

Nosotros nos quedamos en la tierra de mis ancestros por un poco de tiempo, más mientras yo recuperaba fuerzas, comeríamos algo y buscaríamos un destino en otro campamento en una luna o menos.

Uno de esos días el padre subía a su caballo, se despidió diciendo que volvería en poco tiempo, que trataría de buscar ayuda, para pelear. Mi familia y yo que éramos los últimos que quedábamos y lo vimos irse sobre su animal favorito, como en tiempos viejos esos días fuimos los únicos en la tierra de mis padres, éramos los únicos en el Pópulo, la ramada del padre y su ramada con cruz parecían no existir no había nadie alrededor como antes.

El padre regresó al día siguiente, rápidamente bajó de su caballo, lo amarró, nos trajo comida, traía carne de vaca que hicimos al fuego y comimos todos.

Mientras comíamos el padre me habló de lo que había sucedido en su viaje a Ures.

—Los españoles dicen que conseguirán algunos soldados para cuidar este pueblo pero en este momento no pueden mandar a nadie—dijo el padre después de morder un pedazo de carne, haciendo una pausa para masticar.

—Iremos a la guerra, yo mismo iré con ustedes, si nadie viene a ayudarnos debemos defendernos solos, *Hesam* era también mi familia— dijo el padre mirando con rumbo a donde todos los demás se habían ido.

—Iré con ustedes a donde vayan, ahora esta misión está vacía, mi lugar está con ustedes—dijo el religioso, que bebía agua en el vaso de barro que tenía a sus pies.

—Todos están en otros campamentos, no están cerca, además no puedes ir a pelear la guerra no eres hombre de guerras— le dije al padre.

—lo mismo dijeron los españoles que me han dado por consejo no hacerlo, pero es lo que uno hace por su familia, el diablo y su maldad ha guiado a los enemigos de tu pueblo a hacer la muerte a buenas personas—dijo el padre Gilg.

—Sean fuertes y valientes. No teman ni se asusten ante esas naciones, pues el señor su dios siempre los acompañará; nunca los dejará ni los abandonará— Dijo extrañamente el padre para sí mismo viendo al cielo, algo significaba para él aquellas débiles palabras que salieron de su boca por unos instantes.

Con aquellas últimas palabras del padre

Gilg, nos fuimos del Pópulo acampamos en los arroyos del medio entre la sierra hacia el atardecer y las de mi familia en los ríos, no estábamos lejos, el padre insistió que debíamos ir a la guerra, contra los que amenazan nuestra vida, y fuimos de campamento en campamento buscando a los demás guerreros hasta que estábamos juntos unos veinte de nosotros de los campamentos que pudimos encontrar, las heridas seguían abiertas en nosotros, y hasta el padre traía una laza con punta de palo y un arco que era de mi hijo, con algunas flechas que entre todos le dimos.

Comíamos lo que encontrábamos, comíamos carne de las libres que cazábamos, algunas veces animales más grandes como *ziix ina quicös*, que el padre llamaba pequeños cerdos silvestres porque se parecían a los animales gordos, rosados y pelones que ellos han traído para criar en los pueblos para comer.

En ese andar encontrábamos agua casi en cualquier lugar, entre las piedras y en charcos en los arroyos. Caminamos dos días con rumbo al Sur siguiendo el río con precaución entre los cerros, también buscábamos las partes altas para ver con cuidado los alrededores tratando de localizar campamentos de los enemigos, pero no encontrábamos nada, ni los rastros de nuestros atacantes, para muchos de nosotros cada vez era más obvio que habían venido desde el lugar donde se juntan los dos ríos en el Sur, en el campamento que nosotros llamamos *Hax Ipac*.

Al final volvimos todos a nuestros lugares, el padre volvió al Pópulo donde quedo solo por largo tiempo.

CRISIS

Así pasaron días enteros, luego lunas completas y se fueron algunos tiempos completos con el padre entre nosotros, en el campamento que él llamaba la misión, El Pópulo.

Los demás y nosotros mismos, íbamos y veníamos al monte a los otros campamentos, a veces a la costa cada llegada de las pitayas, nos movíamos siempre cada vez que el tiempo nos llamaba. Nunca nos quedamos en el Pópulo por un tiempo completo, solamente lo necesario. A veces el padre estaba rodeado de más de cien de nosotros a veces a penas lo acompañábamos algunas pocas familias, en otros tiempos éramos mi esposa mi hijo y yo únicamente por un breve tiempo hasta que nos movíamos a otros sitios.

Eran cuatro los tiempos completos que se han ido desde que el padre vino. El hombre de barba tampoco se quedaba siempre en la misión, en ocasiones se iba con los otros religiosos cuando llegaban con él y desaparecía por algunos días, al volver muchas veces traía cosas nuevas al campamento, a veces más telas, cuchillos de metal, comida diferente, entre otras cosas.

A pesar de que muchos en los campamentos no lo quieren, el padre no parecía un mal hombre, al contrario. En el tiempo que estuvo entre nosotros jamás hizo nada ofensivo a nadie de nosotros, jamás se enojó con nadie, siempre le sonreía a las personas, aun cuando algunos le hicieran algunas bromas y groserías que de todas maneras no podía entender, pero podía sentir el desprecio de algunos, ni siquiera se molestó cuando alguna vez un viejo jefe de guerra y hombre de poder de la costa escupió las telas que cubrían sus pies en gesto de desprecio.

Durante este tiempo siempre que ha podido le ha regalado cosas a la gente, si por algo, lo van a recordar después es por la cantidad de cosas que nosotros decimos que vienen del *paar* Gilg, eran telas, collares que él llama rosarios, cuchillos, comida, carne, granos y semillas, una de las favoritas de los ancianos eran las bebidas de agua hervida con corteza del árbol del aroma especial que él llama canela o las bebidas calientes del grano que llama chocolate.

El padre ha compartido con nosotros sus hierbas que curan cuando algunos hemos tenido enfermedades, y ha bautizado a varios en el tiempo que lleva aquí, solamente a los que han querido tener un nombre como los que ellos ponen después de echarles el agua en la cabeza. Algunos niños han recibido nombre a la manera del padre. Los que vienen a verlo para eso son pocos, pero hay quienes han buscado un padre que haga eso por los niños más pequeños.

A veces creo que si no fuera así, desde hace mucho tiempo mi gente y yo lo hubiéramos tenido de expulsar de nuestro campamento.

Lunas enteras se fueron, a veces parecía que a nadie le interesaba el pueblo durante casi todas las lunas, pero a la llegada de las lunas más frías, muchos venían cerca de mi tierra, y nosotros volvíamos al campamento.

El padre Gilg se ponía contento cuando estábamos ahí, nos recibía con telas, comida. Poco a poco llegaban más familias, muchos venían, los niños crecían y regresaban, también muchos niños nuevos llegaban con las familias.

Eran los tiempos en que el religioso hacía eso que ellos hacen en la tierra para tirar semillas para hacer crecer sus plantas, el padre le decía siembra y quería que le ayudáramos. Mientras el religioso nos compartía de sus alimentos, y la carne de las vacas que a veces mataba, le ayudábamos un poco, solo un poco. Hacíamos pequeños agujeros en la tierra con un palo en forma lanza con punta, en donde poníamos dos o tres de las extrañas semillas que nos daba en bolsitas de piel.

En ocasiones le ayudábamos a traer el agua desde el río y el remojaba las semillas que habíamos puesto en la tierra cada día o cada dos días, hasta que las pequeñas y frágiles plantas salían del suelo, asomando sus dos pequeñísimas hojas redondas de color verde.

El padre aun no habla nuestra lengua, no nos entiende, no pertenece a estas tierras, no es de aquí.

— ¿Qué hace esa persona aquí?, ¿Por qué no se va? ¿Por qué no vuelve con su gente?— se preguntaban muchos al verlo hacer sus cosas a la distancia cuando no estaba o viéndolo cada mañana cuando andaba por ahí.

Sí, era bastante extraño si le ponías atención, alguien por ahí entre nosotros, un personaje raro que no es de aquí, de otro color de piel enrojecida por nuestro sol, sentado al lado de sus fogatas, muchas veces solo.

—Esa persona parece que está loco— decían algunos cuando lo veían, con su barba larga y sus mantas oscuras sobre el cuerpo, moviéndose de manera extraña, dibujando una cruz sobre su cuerpo a veces, abriendo las manos al cielo, o arrodillado hablando en voz baja para sí mismo, hacían pensar que si estaba loco.

— ¿Cuándo se va a ir?— Nos preguntábamos muchos, mientras había muchos en el campamento para quienes el padre simplemente no existía.

Éramos pocos los que podíamos comunicarnos a medias con él, éramos muy pocos y en ocasiones únicamente yo era el único que podía entender algo de sus palabras.

Era una imagen de todos los días en las mañanas verlo salir de su ramada, lavarse el rostro lleno de pelo, mojar su cabello hasta los hombros y verlo tomar su bebida de aroma que él llama chocolate, mientras esa era la señal para muchos de los viejitos que apoyados en palos se movían con la agilidad que se puede tener a los ochenta o hasta cien tiempos de vida para llegar a tomar la extraña pero deliciosa bebida con el padre en las mañanas.

—ahhhh está muy buena esta agua— decía en nuestra lengua un viejo cada vez que tenía oportunidad de probar el chocolate con él, era ya tan popular la frase del viejo que los más jóvenes lo imitaban a escondidas haciéndonos reír a todos.

Para algunos mirar los extranjeros aunque sean padres era desagradable.

—Que feo ese hombre ¿Por qué no se va ya? — decían algunas mujeres con desprecio, sobre todo cuando no alcanzaban los regalos que querían.

—Pues hay que matarlo...— decían algunos guerreros viejos, con humor pero en serio al mismo tiempo— mientras soltaban una carcajada siniestra después de decirlo.

El padre se movía por el campamento entre nuestros cantos, nuestra comida y a veces se le veía pensativo al mirar a las personas, pero solo él sabe que pasaba por su cabeza.

Una vez me preguntó al mirarme, por qué no traía mi cuchillo, mi arco y mis flechas, y se sentó junto a nosotros. Se dio cuenta que no teníamos ni ollas, ni vasos de barro, y que apenas teníamos únicamente una piel para abrigar a mi hijo. Me encontró haciendo un arco nuevo, de una madera de <u>cap</u> que recién había cortado esa mañana.

—Lo regalamos todo a un primo de mi esposa— le dije.

—Pero tú eres cazador, le diste lo más importante que tenías para traer la comida, ¿Por qué lo has hecho? ¿Le regalaron todo lo que tenían? —preguntó el padre mientras parecía muy impresionado.

—Sí— le dije

—Él venia escapando con su esposa y sus tres hijos de un ataque de los pimas en un campamento lejano del Sur, quemaron su campamento y escaparon sin nada, sus hijos tenían hambre y necesitaban abrigarse del frio, *xomsisijc*, pobrecitos como dices tú, llegaron anoche — le dije mientras seguía cortando con una piedra afilada el palo que sería mi nuevo arco.

—Les dimos mis palos para hacer fuego, les dimos las pieles, una olla de agua, un poco de harina de mezquite que teníamos, miel, mi arco, mis flechas, mi cuchillo, les dimos todo, solamente mi hijo se quedó con su manta para el frio— el padre parecía no creer lo que escuchaba.

—Pero tu familia necesita todo eso ¿Por qué se lo dieron todo?— Preguntaba el padre Gilg, en un tono muy raro como si estuviera molesto.

—Pobrecitos lo necesitaban— nomás respondí, mientras continuaba arrancando madera al palo con golpes de los filos de la piedra.

El padre se levantó y se fue sin decir nada a su ramada.

En poco tiempo estaba de regresó, traía una olla de barro y un vaso, que nos entregó en las manos, también un cuchillo de ese material duro y brillante que ellos llaman metal.

—Son para ti, haz hecho algo importante por alguien necesitado, haz ayudado al prójimo, y es ahí donde esta dios, en los que más nos necesitan, yo no puedo hacer menos que esto por ustedes— dijo el padre, mientras le entregaba a mi esposa una bolsa con pan de los que él a veces tiene y también un poco de polvo de esa semilla que llaman maíz.

—heha, ha xah tipi, gracias, como dicen ustedes en tu lengua—le dije al padre, porque sus regalos eran de gran ayuda para comenzar de nuevo, aunque yo no podía entender por qué él no podía comprender, si así es como debe ser.

En poco tiempo esa tarde cuando el sol se estaba terminando, comimos de lo que el padre nos trajo, nosotros le dimos de comer primero a nuestro hijo y cuando él estuvo lleno comimos mi esposa y yo. Después de comer caída la noche el padre volvió a su ramada.

Esa noche la madre de *Hesam,* mi amigo que ya no está, nos regaló dos largas pieles de venado, y con esas dos personas que nos ayudaron, mi familia y yo estábamos por empezar de nuevo.

BAUTISMO Y ENFERMEDAD

De ese tiempo no puedo evitar recordar cuando escuché una mujer llorar a lo lejos, fui corriendo a ver que sucedía, un pequeño niño de una pocas lunas de vida estaba sufriendo dolor, tenía el cuerpo ardiendo, su cuerpo temblaba solo, su madre y su familia lloraba mientras limpiaba su cabeza con agua, la abuela al mismo tiempo levantaba la cabeza del bebe para darle una bebida de hiervas y raíz de choya que usamos para las enfermedades.

—Son dos días que nuestro hijo *Xpist* está enfermo— Me dijo *Xpasiticl* con lágrimas en los ojos.

—¿Le picó algún animal?—Pregunté.

—No, ya lo revisamos todo cuando empezó a llorar muy fuerte y no tiene ninguna picadura, ni en la cabeza— mientras abría y cerraba su puño de impotencia.

Le diré al Padre, quizá él tiene algo bueno para ayudarlo— le dije, mientras esperaba un gesto que me diera permiso de ir a decirle al padre Gilg, *Xpasiticl* solo movió la cabeza para dejarme ir a hacerlo. En ese instante de un brinco salí corriendo a la ramada del padre, lo encontré leyendo algo en unas hojas de papel.

—Un niño está muriendo padre— le dije, y se levantó rápidamente de su silla.

— ¿Quién es?, ¿Qué le pasa?— preguntó el padre guardando con prisa sus hojas en un cofre de madera.

—Tiene dolor, llora mucho, y está muy caliente, su cuerpo tiembla y se mueve solo— le dije al padre Gilg, que revisaba entre sus bolsas y hiervas como buscando algo que pueda servir.

Después de revolver todas sus cosas en las manos traía un puño de la corteza de una planta, eran trocitos de madera que puso apresuradamente una pequeña olla de barro al fuego y echó la corteza en el agua hasta que hirviera. Le ayude poniendo dos pedazos de madera más al fuego. Cuando el agua estaba caliente la dejó reposar un poco.

Yo volteaba al campamento del niño enfermo, y más mujeres se amontonaban con la madre y el pequeño, más hombres estaban alrededor de *Xpasiticl*, el padre cambiaba el agua caliente de una olla a otra para enfriar el líquido.

Salimos hacia la ramada hacia ellos, pasando entre señoras llorando y lamentándose, el padre se inclinó para acercarse al pequeño, le dio la bebida con medicina de él, para dárselo al pequeño pero apenas tenía fuerza, sudaba mucho y su cuerpo ardía en fiebre, y los movimientos de su cuerpo eran cada vez más violentos, intentaron darle el líquido pero muy poco entró en su cuerpo.

El padre rezaba por un lado de ellos moviendo las bolitas del collar de la cruz entre sus manos, mientras el más viejo del campamento soplaba el cuerpo del pequeño con su aliento que atravesaba el atado encendido de plantas secas de *Xescl*, salvia para que el humo saliera empujado a la piel el cuerpo del niño, mientras cantaba canciones de sanación concentrado y movía sus manos por todo el cuerpo del pequeño como si estuviera tocando cosas que no podemos ver nosotros.

Al final todo fue inútil, terribles y desgarradores llantos nos dijeron a todos que el pequeño perdió la batalla contra su mal y la vida se fue de su cuerpo. Parecía como si ese día, una pesada tristeza nos hubiera envuelto a todos dejándonos vacíos por dentro, en la familia de *Xpasiticl* estaban destrozados.

El padre pudo hacer nada, únicamente sentirse igual que nosotros, yo había visto a este hombre llorar antes, como antes sus lágrimas parecían desaparecer en el pelo de su cara. El padre Gilg se quedó sentado con ellos y los demás, tocando con sus manos el collar de bolitas y cruz sin poder quitarle la mirada.

La familia de sus padrinos de muerte se quedó con el cuerpo y lo empezaron a preparar para sepultarlo.

No había nada más por hacer, fui a mi campamento con mi mujer y le di un fuerte abrazo a mi hijo, mientras le contaba a mi esposa lo que había visto solo unos momentos antes. Ella se puso muy triste, no quiso ir a ver a la familia de *Xpasiticl*, a pesar de que su mujer es su amiga, no éramos familia cercana de ellos, así que por respeto no podíamos estar en medio de este tiempo suyo, así no enseñaron.

A diferencia de otras veces en que los líquidos con plantas del padre funcionaban, esta ocasión demostró que no era un hombre de sanación, era solamente un hombre, como nosotros.

Mi amigo *Hesam* sería el padrino del pequeño que se había ido de este mundo si aún estuviera con vida, pero ese día alguien más en su familia pintó todo su cuerpo con ceniza, con líneas blancas sobre la piel que recorrían sus brazos, y en el resto del cuerpo, sus mejillas dejaron atrás las líneas rojas y azules de la pintura de siempre bajo la mirada, para ser reemplazadas por las líneas gruesas y blancas de la pintura del padrino de muerte, quien tomó el cuerpo del pequeño con las manos y lo arropó para enterrarlo no muy lejos de donde estábamos. Mientras esa noche el llanto convertido en la canción que guía a los muertos al otro mundo no dejaba de escucharse, y de esa misma manera fue por todos los amaneceres y atardeceres de aquellos días en la voz de la madre y la abuela del pequeño, hasta que lo guiaron a su descanso.

El resto de nosotros vimos a las dos familias, la familia de luto y la de sus padrinos de muerte, entregarse una a la otra, todas sus pertenencias, absolutamente todo hasta quedar sin nada, como debe ser. Casi sin decir nada, sin hablarlo, cada familia sabía lo que se debía hacer para honrar el final de la vida de uno de los nuestros.

Cambiaron de manos y de campamento, todas las ollas de barro, los arcos, las flechas, las pieles, lo que tenían puesto, los tejidos de toróte, cuchillos de piedra, las telas que el padre había entregado a cada quien, absolutamente todo había cambiado de manos, parecía que se intercambiaban la vida entera.

Aquellos días habían fueron terribles, pero tristemente antes de la siguiente luna muchos más niños, adultos y ahora viejos estaban enfermos de lo mismo, en solamente una luna enterramos cinco personas más, dos de ellos eran viejos y tres más eran niños, pero no se detenía el terrible mal, además de ellos aun teníamos unos diez más enfermos en el campamento, que no duraron mucho en poco menos de otra luna ya los habíamos enterrado a todos.

Muchos de los que murieron se habían bautizado con el padre, para escapar de la muerte en pocos días después muchas familias se fueron del Pópulo, si antes éramos pocos ahora quedamos muchos menos.

Desde que las enfermedades no dejan de aparecer entre nuestra gente, muchos ya no quieren bautizarse, los hombres de poder y sanación de nuestro pueblo nos han dicho que es el castigo por entregar a los niños y toda la gente al agua que ellos echan en la cabeza a las personas, los hombres de poder nos habían advertido ya que la muerte viene por el agua que ellos ponen y por el nombre que les dan.

Muchos de nosotros hemos comenzado a creer eso, de toda la gente que ha caído en las extrañas enfermedades y todos los muertos han ocurrido aquí, en mi tierra, cerca del rio, cerca delos pueblos, y únicamente los campamentos que hemos estado cerca del padre somos los que hemos tenido esas extrañas enfermedades, todos tienen miedo, yo mismo he tenido que llevar a mi familia lejos de aquí, lejos de la gente que se ha enfermado y lejos del padre.

Los hombres de poder dicen que hay una fuerza mala que quita la vida a la gente cuando esa agua que el padre llama bautismo toca el cuerpo de nuestra gente y que estamos condenados a recibir la enfermedad tarde o temprano

Hasta ahora todo lo que ellos nos han dicho ha resultado cierto. Por otro lado el padre Gilg no ha podido curar más que a unos cuantos de los enfermos, su poder parece no ser nada comparado con todos los que han muerto.

De los que se han aliviado de la enfermedad han quedado flacos, débiles y casi completamente inútiles, muchas lunas han pasado, a veces se han enfermado más de una vez, y no terminan de volver a ser como antes, parece que no pueden recuperar toda su fuerza a pesar de que les hemos dado las mejores comidas y plantas que tenemos, para ellos los hombres y mujeres que curan han hecho todo lo que han podido con las raíces de las choyas y otras hierbas, pero nada les devuelve la fuerza y la vida como antes.

Unos cinco tiempos de pitaya se fueron desde que el padre Gilg vino a este lugar, una ocasión él se fue en su caballo con rumbo a Ures por varios días, su ausencia no era algo que a muchos del campamento le importara. Su lugar estaba ahí, aunque nadie ni nada se movía dentro de su ramada, a veces los perros se metían esculcando lo que había en el suelo, oliendo buscando alguna sobra de alguna comida, y no faltaba el perro que aprovechaba para levantar la pata junto a los palos de las esquinas de la ramada del padre y de paso en las esquinas de la que llamaba iglesia también, mojándolas con su orina que hacían más oscuros los palos cerca del suelo, y aprovechando que no estaba el padre para correrlos ni regañarlos parecían desquitarse orinando uno atrás de otro varias veces en el día, así pasaban los días en ausencia del hombre de *yooz*.

A veces en las tardes los niños jugaban corriendo por ahí, entrando y saliendo de las dos ramadas del padre.

En esos días en ausencia del padre un grupo grande de comcaac llegaron a nosotros eran una gran masa de personas que caminaban ligeros de cosas, algunas mujeres traían a sus niños en brazos, otras con los pequeños en la cintura, los hombres caminaban agotados, todos se miraban muy deprimidos, muy tristes, sabíamos con solo verlos que nos traían noticias dolorosas, los que los mirábamos llegar, apenas conectábamos miradas a los ojos con ellos, algo les había sucedido, eran tantos, y en solo minutos desde su llegada pasamos de ser unos cuantos a ser unos trescientos o más.

Toda la gente dejó de ser una gran multitud para desbaratarse en muchos pequeños grupos que se acomodaban en los alrededores dejando caer lo poco que traían y los que no traían nada solo dejaban caer al suelo sus propios cuerpos, sentados juntos.

Miré en ellos muchas heridas, en los hombres cortes profundos, en otros golpes muy fuertes que les dejaron marcas que se podían ver aun con la oscuridad de su piel, vi pocos arqueros, vi pocas lanzas, algunas quebradas pero que los guerreros no quisieron tirar en el camino por que con ellas se apoyaban al caminar, no miré viejos entre ellos, no había personas mayores y parecía que no hacía falta preguntar por qué.

Algunos hombres se desprendieron de sus grupos para venir a nosotros, las mujeres se habían adelantado hablando entre algunas pocas que se conocían. En poco tiempo supimos por sus relatos que habían sido atacados, que la mayoría son de cuatro o cinco campamentos lejanos a dos o tres días de camino de nosotros hacia el descanso del sol y hacia el Sur. Se encontraron a muchos en su viaje al Norte y se juntaron para seguir hacia este lugar, porque sabían que aquí nos juntábamos para defendernos y que teníamos un padre que posiblemente evitaría que los enemigos extranjeros nos atacaran, al menos eso creían cuando pusieron sus pasos y caminata hacia nosotros.

Nos dijeron que si hubiera un lugar donde quedarse, con un padre cerca, con más gente que pueda ayudar a defender a sus familias y cerca del agua que ellos se quedarían en un lugar así.

Nosotros les dijimos que se queden, sabíamos que esa manera indirecta de hablarnos era la forma de pedir una oportunidad para quedarse con nosotros, como nosotros decimos las cosas a veces.

Nos dijeron también que si pudieran encontrar comida sería muy bueno, que no habían comido en días, que los niños estaban ya muy débiles y los adultos también, dijeron haber perdido todos sus arcos y flechas, sus campamentos y sus pieles, que solamente traían lo tenían encima y sus propias vidas.

Sin decir nada muchos fuimos a nuestros campamentos para traerles algo, yo les di mi nuevo arco y mis nuevas flechas, este arco es el que menos me ha durado en la vida, pero ellos lo necesitan más.

Nosotros no teníamos mucha comida, la poca que teníamos se nos estaba terminando, en algunas familias se les habían terminado desde días antes, pero aún así compartíamos lo poco que nos quedaba con ellos. Sin perder tiempo unos de los hombres del campamento junto conmigo entramos en el corral del campamento, brincamos la cerca de palos y con un arco prestado apunte una flecha a las costillas de una de las vacas del padre Gilg, apenas teníamos unas veinte o poco más de animales que lloran, esas que el padre llamaba vacas, sin pensarlo solté la flecha y le di cerca del corazón, el animal resistió mucho antes de perder la fuerza, sus gritos y movimientos pusieron muy nerviosos a los demás animales, pero el resto de nosotros, ya estábamos con lanzas y cuchillo en mano por el corral cortando el cuello de algunas vacas, perforando sus costillas con las lanzas, entre gritos de animales y gritos nuestros, en poco tiempo teníamos a los animales agonizando en el suelo, mientras más personas vinieron a ayudarnos, hombres, mujeres y hasta los recién llegados, en poco tiempo llevamos las carnes de los animales a las familias recién llegadas, decenas de nosotros caminábamos por el lugar con un buen trozo de vaca en las manos, mientras mujeres y otros hombres juntaban leña y hacían fuego, llenando con olor del humo de las maderas todo el campamento.

Los rostros de la gente se pintaban de felicidad, al mismo tiempo que en el corral no quedaban ni las pieles, ni huesos porque mujeres y hombres se los llevaban consigo. La sangre de los animales se secaba sobre nuestras manos y los brazos, los perros nuestros y los recién llegados se amontonaban junto a las vísceras que quedaban en el suelo, claro menos el hígado que las familias se habían llevado para comer también.

El fuego hizo que la carne cambiara de color, convirtiendo el rojo intenso en un color café, la carne se encogía en las fogatas, sus jugos y aceites escurrían mientras las brasas tronaban bajo la carne, y se levantaba vapor cuando los jugos tocaban las ardientes maderas volviéndose humo liberando un delicioso olor, el olor de la carne de vaca al fuego, tan sabroso como el olor del venado, solo un poco diferente.

La grasa pegada a la carne se convertía esa amarillenta y encogida delicia, gelatinosa y llena de aceite que muchas manos arrancaban a veces cruda o recién asada, apartándola los dedos una y otra vez soplando para enfriar los dedos y poder comerla.

Aquellos afectados caminantes que llegaron con el último aliento y hundidos en la necesidad de un lugar, de paz y de alimento, ahora pintaban en su rostro algo solo algo de alegría, sus cuerpos se llenaban de renovadas energías, su espíritu se levantaba poco a poco. Mientras comíamos los escuchamos contarnos, como en otros campamentos los pimas les hicieron lo mismo que a nosotros, ellos los enfrentaron y en algunas peleas fueron hasta el pueblo que los españoles hicieron para ellos en *hax ipac*, donde se juntan los dos ríos, en el *heziitim isoj*, el hogar verdadero, donde a veces es nuestro a veces de los otros, pero eran demasiados, estaban mejor armados y a veces tenían de su lado a los soldados de los enemigos, por eso vinieron en esta dirección hacia nosotros después de aquello. En sus batallas ellos perdieron muchas vidas, dicen que son solamente la mitad o menos pudieron escapar. Sus palabras venían acompañadas de largos silencios, de miradas al cielo y nosotros ya sabíamos lo que ellos habían vivido, les contamos de los ataques que los pimas nos hicieron también y de las persecuciones que tuvimos.

Les dijimos que en mucho tiempo no han regresado, pero ahora éramos más y que podríamos defendernos mejor contra ellos. En poco tiempo si no era alegría al menos la paz se llegó a sentir hasta en el último grupo de familias que estaba en mis tierras.

Los soles pasaron hombres y mujeres encontraron aquí un lugar, los hombres hicieron nuevos arcos, usando los nervios de las vacas estaban secándose colgadas en las ramas de los árboles, junto con algunas de las pieles, las mujeres sacaban los nervios de venado que tenían secos de meses o algunos de años anteriores, que compartían con todos nosotros para hacer las nuevas flechas y cuerdas de algunos arcos, teníamos hechas algunas puntas de flechas, suficientes para poder cazar y defendernos, varios de nosotros fuimos por a cortar carrizos a la orilla del río cerca de nosotros, y así en poco tiempo todos fuimos un gran campamento, los jóvenes hablaban entre ellos, los niños jugaban sin parar por los alrededores, los hombres íbamos a cazar y compartíamos comida.

—Mucha nunca será suficiente—decía *Siil*, uno de los jóvenes sobrevivientes recién llegados. No le faltaba razón todo lo que obteníamos se terminaba rápidamente pero éramos tantos que nunca nos faltaba nada.

En pocos días el padre estuvo de regreso en el campamento y no podía creer lo que veía, él decía que era obra del señor, pero me costaba creer que su dios mandara los ataques y la muerte sobre toda la gente desplazada de sus lugares que terminaron refugiados con nosotros, pero para los padres todo es obra de su dios.

Su alegría no se podía ocultar ni un momento, su rostro era de felicidad completa. Hasta que miró el corral donde la sangre estaba ya seca sobre entre suelo y las ramas, y no quedaba ni un solo animal.

— ¿*Zep* que ha sucedido con los animales?— Me preguntó el padre con un aspecto enfadado y preocupado, parecía que la felicidad de ver a tantos de nosotros significaba para él menos que sus vacas.

—Las matamos y las comimos— le dije sin explicar nada más.

—Pero ¿Cómo? ¿Todas?, ¿Por qué?, ahora no tenemos ninguna, ¿Sabes lo que cuesta traerlas desde tan lejos?, eran para criar más animales y tener más, ahora no tenemos nada— dijo caminando en círculos muy molesto, estirando su rostro con las manos, jalándose la barba revuelta con las manos, se jaloneaba los cabellos de la cabeza, mientras se quitaba el sombrero y golpeaba su pierna con él.

—Las personas nuevas que vez aquí, fueron atacados en cinco campamentos al Sur, por los pimas, los enemigos que los soldados invasores protegen, todos estos hombres llegaron con hambre, heridos y buscando refugio—le dije al padre.

—¿No eres tu quien siempre dice que demos a los que más lo necesitan y que dios esta donde otro hombre nos necesita?—le dije mientras pensaba dentro de mí que con sus reclamos y enojo, él no lo creía en eso de verdad, parecía que le importaban más las vacas que los hombres o su dios.

—Tienes razón, hiciste lo correcto, es lo que dios nuestro señor hubiera hecho, discúlpame hijo estoy cansado del viaje desde Cucurpe— dijo el padre retirándose a su ramada a descansar.

Yo no podía entender como ese hombre se puede sentir mal porque sus animales devolvieron felicidad y vida a tantos otros más, pero creo que así son ellos, en el fondo no son como nosotros, aunque ellos dicen tener buenas reglas de su dios, la palabra de su dios, que les dice cosas buenas y les pide hacer cosas buenas, pero parece que entienden y hacen cosas diferentes. Después de eso no volví a ver al padre Gilg hasta el siguiente día.

Algo que me fue curioso ese día, desde la ramada del padre esa tarde le escuche decir: —Tuve hambre y me diste de comer— y se lo repetía unas dos o tres veces con voz tenue y para sí mismo.

El anciano hombre que los invasores y los otros hombres de *yooz* llaman Padre Antonio de Rojas que vive en Ures había llegado montando su caballo hasta donde estábamos con el padre Gilg, al Pópulo como ellos dicen, después de bajar de su caballo y amarrarlo cerca de la ramada del padre, el padre Gilg le entregaba unos papeles en las manos, a pesar de que lo vi de lejos, me pude dar cuenta que eran los mismos papeles en los que el padre Gilg había dibujado nuestras tierras, la isla, las montañas y los ríos. El papel que el padre llamaba mapa ahora estaba en manos de otros como ellos.

Desde ese momento me di cuenta que todo ese saber, nuestro territorio ahora estaba en otras manos, los dibujos del padre no eran solo para él o para nosotros, comencé a darme cuenta que los verían otros ojos y seguramente terminaría en manos de los enemigos, en manos de los soldados que atacan y matan a nuestra gente.

Por mi mente pasaron mil cosas, hasta ir tras el viejo padre Rojas y matarlo en el camino yo mismo para quitarle los papeles, pero eso no era posible en este momento, seguramente los españoles se darían cuenta rápido y mandarían los soldados a atacarnos. No podía exponer más a mi gente a un nuevo ataque como el que nos hicieron cuando yo era niño.

No sabía que hacer, no imaginaba que podía pasar, yo estaba preocupado pero no podía hablar de esto con cualquier persona y lo guardé dentro de mí.

Cuando yo aún era muy pequeño, mi padre

me dijo que no debemos guardar nada dentro de nosotros, que debíamos hacer algo y sacar las preocupaciones, debíamos expulsar el miedo de nosotros, que el miedo nunca debía habitar el cuerpo de los hombres ni las mujeres y que la preocupación no debía quedarse en nosotros, porque nos consume desde adentro y eso exactamente me estaba sucediendo ya.

No podía engañarme a mí mismo, tenía que hacer algo, pero debía que pensar muy bien qué podía hacer.

LENGUA

Uno de esos días escuchaba la voz del padre dentro de su ramada, lo escuchaba hablar como si platicara con alguien más, yo no podía dormir así que decidí acercarme más para intentar escuchar que es lo que estaba diciendo, la débil luz de una vela iluminaba su silueta de rodillas en el piso, con los brazos caídos, hablando con la imagen del hombre clavado en la cruz en una de las paredes de su ramada, a quien el padre veía levantando la cabeza, a esa imagen dirigía su voz y su mirada, por alguna razón se veía como si su espíritu se estuviera destruido totalmente, se escuchaba en el tono de su voz, se escuchaba el llanto de una persona que no lo deja salir, pero que tampoco lo puede esconder.

Me senté cerca sin hacer ruido, lleno de curiosidad, por entender un poco más ahí a escondidas escuchando con atención podía oírlo hablar, mientras decía:

—En estos momentos siento que me he estado fallando a mí mismo, a mi dios y a mis superiores, porque no he alcanzado la capacidad de aprender la lengua de estas personas por completo, a pesar de todo lo que he intentado. Conozco ya muchas de sus palabras, a veces cuando hablan siento que les entiendo casi todo, pero una dos o tres palabras que no conozco, que no identifico ni remotamente me hacen perder todo el sentido o gran parte de lo que hablan, a veces me siento como si no supiera nada, aunque entienda una pequeña parte, y eso quiebra mi espíritu a cada día, a cada momento— el padre paraba para tomar aire.

—Para mí la impotencia de la lengua es enorme, ni golpear el puño en la raquítica mesa de maderas malas, ni golpear el suelo con los pies con fuerza, jalarme los cabellos o por más que mis manos estiren la piel de mi cara como si la fuera a arrancar no consigo nada—dijo en tono de súplica.

—A veces siento que mi fracaso es total, absoluto y eso es algo para lo que en la orden no nos preparan, el fracaso. Mientras algunos de mis viejos compañeros que partieron al Japón, pueden llegar a encontrar el martirio por fallar, aquí permanecer con vida y derrotado hace que el único consuelo sea una relación con el creador, que a veces es la única fuente de fuerza, razón y consuelo—decía el padre mirando la cruz.

—En nuestro sufrimiento se supone que ahí

estas tu mi dios, el mismo al que clamo con todas mis fuerzas, el mismo a quien rezo con tanta devoción, el mismo al que me encomiendo y que intento llevar a los corazones de estos indios Gentiles. A esta familia que me abraza y me aborrece a la vez, que me estima y me repudia al mismo tiempo, ¿Qué más puedo hacer por ellos?, si no puedo ni siquiera hablarles o entenderles por completo, que puedo hacer yo por ellos si no puedo ni ayudarme a mí mismo—se preguntaba el padre.

—A veces pienso con firmeza que no es la voluntad de mi dios que yo le sirva para este propósito, a ratos creo que es la voluntad de dios no estar en la vida de ellos, o por lo menos no por medio mío. Pero si no es aquí para ellos ¿Qué voy a hacer?, ¿ha sido este un tiempo en vano? Ellos parecen aprender más rápido el español que yo su lengua, pero ellos no hacen ni un mínimo esfuerzo por el evangelio con la nueva lengua que poco a poco asimilan. El vocabulario que he logrado no es ni para nada útil para dar catecismo, ni para comunicarme completamente. Entre más lo pienso a este ritmo necesitaremos siglos para evangelizarles— Escucharlo hablar de esa manera únicamente me hizo confirmar lo que nosotros ya veíamos desde hace tiempo, pero ese no es problema nuestro, él no tienen nada que hacer aquí, ha tenido la suerte de venir a estas, las tierras de mis ancestros y mi familia, casi estoy seguro que de haberlo intentado tan solo un día de camino hacia el Oeste o al Sur, hubiera perdido la vida desde su llegada o hubiera tenido que escapar para salvarse. Aunque no puedo contener las cosas por mucho tiempo más, como mi padre me decía las cosas tienen un orden y si se rompe siempre buscará volver a ese orden, aunque pasen cientos de tiempos llenos de dificultades.

De la misma manera en que me acerqué para escucharlo, me fui en silencio a dormir con mi familia, me quité todo de encima del cuerpo, a un lado deje la bolsa de las flechas, el arco cerca de mis manos, mi cuchillo de piedra por un lado de mi mano derecha, y puse mi cuerpo sobre la suave piel de pelicano con la cabeza recargada en una manta de pieles de conejo enrollada. Al ver la oscuridad del cielo muchos pensamientos nublaban mi mente, hasta cansarme, no podía poner en orden nada, pero al amanecer todo será más claro.

Acostado me llegó el olor a tabaco quemado que viene de la ramada del padre Gilg, está fumando tabaco en su pipa antes de dormir, con esta van más de seis veces que lo hace, no las he contado pero hasta mi esposa me dijo que el padre fuma muy seguido desde hace algún tiempo.

Desde hace algunas lunas hemos notado todos que el padre fuma más tabaco que antes, mucho más. Antes lo hacía alguna vez cada cuatro o cinco días, y trataba de hacerlo cuando estaba solo, pero el olor del tabaco nos atraía a los que lo hemos probado antes, cuando no tenemos *Apis* del nuestro varios nos hemos acercado al padre para fumar con él, cuando hemos sido varios de nosotros lo hacemos gastar mucho de su tabaco, que nunca nos ha negado una fumada con él, pero se nota en su mirada que le pesa porque no siempre le traen los soldados o los demás padres, pero se pone feliz cuando le traen entre las cosas que le dejan una bolsita con más tabaco, siempre que le dan más siempre me regala un poco.

PESADILLAS

En esos difíciles días para el hombre de yooz, vino con mi familia y en silencio preocupado se sentó junto a nosotros, acarició a Coopol, rascándole las orejas, pero después de un momento, volteo a verme. Me había dado cuenta de que algo no andaba bien y escuche atento lo que tuviera que decirme, mientras él tomaba un vaso de barro y lo llenaba con agua de la olla a nuestro lado.

—Quiero contarte algo hermano *Zep*—dijo el padre mientras terminaba de dar un trago grande de agua.

—Desde que he estado aquí, en estas tierras, en tus tierras, por varias noches he tenido varias veces un sueño— dijo el padre con voz seria y con un gesto de preocupación bastante extraño, yo seguía escuchándolo.

—En estas visiones mientras duermo, me veo a mi mismo navegando como pasajero en pe-

queño barco de madera, que se mueve con el oleaje de un extraño mar de un lado a otro por culpa de ese mar agitado, en medio de un viento muy leve. En la embarcación cuando volteo a mi alrededor tengo a todos los padres de las demás misiones, ahí como enfermos, sumidos en una extraña pero tremenda tristeza con la cabeza agachada sujetados con ambas manos a un remo con el que entre todos hacíamos que la pequeña nave se moviera por el agitado mar. Todos Estábamos muy mojados, teníamos un frio tan fuerte que se sentía como si estuviéramos desnudos aun con nuestras ropas encima, era de día pero sentíamos un frio desgarrador.
Era bastante extraño que ahí, en la misma panga que nosotros soldados españoles estuvieran dirigiendo con sus órdenes y gritos aquel extraño viaje en el que nadie hablaba, era como si yo hubiera despertado de repente ahí en esa situación y no sabía que estaba pasando— dijo el padre contando su sueño.

—Como todos he tenido sueños malos a lo largo de mi vida, pero ninguno como este, eso no parecía un sueño, era como vivirlo— dijo el padre haciendo una pausa en su relato.

—Detente padre—le dije en tono serio, mientras me levantaba de donde había estado atento escuchando su relato.

El padre se quedó confundido mientras me veía alejarme para ir al campamento donde estaban las demás familias, moviéndome entre el humo de sus fogatas.

En poco tiempo regresé con el hombre más anciano de nuestra gente.

—Él sabe de los sueños, el cura en los sueños, el cura nuestros espíritus y nuestros cuerpos, el escucha nuestros sueños y nos ayuda a mirar más allá de ellos— le dije al padre.

El cabello del viejo hombre ya no es tan largo como lo fue antes, hasta se había vuelto más delgado, su rostro tiene las grietas del suelo donde ha quedado el agua hasta que el sol la hace desaparecer, el tiempo ha dejado cicatrices y arrugas en todo su cuerpo, su vista débil ahora pero sabe mirar más allá que todos nosotros, su voz la escuchan los espíritus, su voz la escucha el mar y el desierto. El tembloroso hombre había vivido muchos tiempos de los que tenemos nosotros existiendo, y con dificultades se sentó en medio entre el padre y yo.

El religioso seguía confundido hasta un poco apenado, en nuestra lengua le dije al viejo hombre lo que el padre había contado de su sueño hasta ese momento, mientras el anciano escuchaba muy serio sin hacer gesto alguno, inclinando hacia adelante la cabeza y volteando a ver al padre directo a los ojos.

—Sigue contando padre que yo le contaré en nuestra lengua tu sueño, ya ha escuchado lo que me dijiste, puedes continuar—le dije al padre, quien siguió con su relato.

—Yo me agarro a mi remo y comienzo a remar junto con ellos, a su melancólico ritmo, empujando con el pedazo de madera la panga golpeando la superficie de las olas una y otra vez, y de mientras hago eso miro en lo alto el sol sobre nosotros. Me di cuenta que en el sueño nuestra panga de madera estaba en este mar, era el que nosotros llamamos la mar del Sur y que vamos navegando del Sur con rumbo al Norte, podía saberlo por la posición del sol en su viaje en el cielo— dijo el padre interrumpiendo su relato con un trago de agua.

—A ratos volteo alrededor, siento que algo está mal pero no sé qué sucede, éramos unos diecinueve padres, y unos ocho soldados, los que navegábamos a bordo de dos pangas que se tambalean aun lado una de la otra— y el padre hacia como si sus dos manos fueran las pangas juntas navegando, movidas por el oleaje.

—Sentía como si el sonido del viento y el mar nos estuvieran dando el ritmo de los movimientos de los remos— dijo el padre continuando su relato.

—En eso despierto, sabiendo que solo fue un sueño, pero me pongo a pedir a dios por todos nosotros, pero no es ese el único sueño, hay otros que parecen parte del mismo sueño que llegan días después— dijo el padre y continuó contándonos mientras yo le hablaba al oído al viejo contándole lo mejor posible la visión del sueño del padre Gilg.

—En otro sueño estamos todos los padres, los mismos vi navegando en la panga pero ahora dentro de una construcción que parece mucho a las que hacen los soldados, un presidio como le llamamos nosotros, el suelo en un arenal con muy poca tierra revuelta entre la arena, en ese lugar yo veía un gran cuadro, vacío en el medio, donde andan caminando además de hombres también algunas vacas y ovejas—dijo el padre comenzando a contar su segundo sueño.

—Nos estábamos acomodando en algo que parecían cuartos, pero eran muy pequeños, el techo sobre nosotros de maderas se sentía al golpear en nuestras cabezas con solo estar parados y teníamos que andar agachados— dijo el padre.

—*Loci ad sepulturae dimensionem angustia*, de medida tan estrecha como una sepultura... se escuchaba una voz decir entre nosotros, quejándose gentilmente en la lengua que te dije hace tiempo que latín. Mientras pasábamos en fila para entrar ahí, pero no por nuestro gusto, los soldados nos estaban haciendo entrar en ese lugar, me apena pensar que parecíamos sus prisioneros— dijo el padre y solo ver su rostro se notaba que le parecía algo increíble.

—Nadie hablaba, nadie levantaba la cabeza,

yo intentaba preguntar que sucedía en voz baja y en latín a los demás padres de rostros que no conocía pero sentían tan cercanos a mí, nada de eso tenía ningún resultado, los demás padres simplemente me ignoraban por completo. Únicamente uno de ellos respondió a de entre nosotros, diciéndome que me entregue a la oración, y me pedía que orar con ellos, me decía que no pierda tiempo, que nos quedaba muy poco— el padre seguía su relato muy nervioso, y por momentos intentaba recomponer su tranquilidad, pero sus emociones le ganaban.

—Nada podía entender yo de todo aquello, un gran corral, presidio de palos y lodo, con algunos adobes, todo era oscuro alrededor, recuerdo que el clima era muy caliente, se sentía lo fuerte del sol y lo seco del viento en la cara; y escuchaba los pasos y ruidos de caballos y ovejas que había en ese lugar en que nos tenían además de unas cuantas vacas, a pesar de ser un sueño yo podía oler sus heces y la orina de los animales en nuestro encierro, el calor nos sofocaba a todos, mientras el sol nos quemaba el cuerpo, nadie queríamos salir de la poca sombra de los cuartos pequeños en que estábamos prisioneros, y ahí estando dentro —dijo el padre Gilg usando su mano derecha para quitarse el sudor de la cara.

—Se nos vino una parte del débil techo de maderas encima, una viga como le decimos nosotros. Ahora habíamos más padres ahí, los demás decían que éramos treinta y uno de Sonora y unos veinte de Sinaloa, ahí estábamos todos los padres que estábamos en el Norte de la Nueva España. En esa prisión todos fuimos víctimas de un ejército de ratones y de toda clase de insectos. Nueve lunas de tu tiempo pasaron estando ahí sufriendo todos, cada vez en peores condiciones, algunos estaban tan débiles que ni siquiera podían estar de pie, ni rezar. A los más enfermos sus cuerpos ya no les quedaban fuerza alguna, la carne de la boca, las encías estaban tan hinchadas y sangrantes como nunca había visto a alguien en tierra firma, aquella era la enfermedad de los hombres del mar, la comida era menos que miserable si es que a esa porquería se le podía llamar comida, mientras únicamente bebíamos una espantosa agua sucia y salobre, encima de eso la brisa de las noches nos hacía quedar completamente empapados, cuando algún soldado se compadecía nos dejaban salir por unos momentos solo para ver las pangas en que nos llevaron hasta ese lugar, mientras se movían con las olas en la orilla de la playa cerca de donde la prisión nuestra estaba. A veces veíamos a algunos jóvenes, que eran generosos y amables, compadecidos de nosotros que en otro tiempo fueron ayudantes de algunos de los padres y esas caritativas almas nos traían algunas leñas buenas y un poco de agua limpia. Parecían personas sin rostro, en el sueño nunca pude verles a los ojos. A veces estábamos hasta unos ocho padres parados en cada cuarto, ninguno podíamos ni siquiera acostarnos, más que los más enfermos durante el día, mientras que caíamos como pudiéramos al suelo para dormir ahí todos amontonados cuando podíamos. Los soldados no dejaban que nadie tuviéramos comunicación con el exterior ni siquiera los jóvenes que fueron ayudantes de algunos padres, aún recuerdo como vi que azotaron casi hasta la muerte a un joven ayudante que le escribía a su familia. Ahí pasaba el tiempo lentamente entre palos, lodo, ramas, a veces con un bocado de carne seca de res, a veces de oveja y algo de maíz. De ahí en adelante todo son visiones borrosas, muchas cosas pasan rápidamente, de entre nosotros un padre murió estando prisionero los demás le llamaban padre José Ignacio Palomino, el pobre hombre de dios falleció ahí mismo, aunque para nosotros por lo menos él ya estaba con el señor en un mejor lugar, mientras nosotros nos quedábamos ahí sufriendo presos, extrañamente yo no lo conocía, nunca he escuchado su nombre, no sabía quién era, nunca en mi vida escuchado a cerca de él— dijo el padre lamentándolo como si en verdad hubiera sido real lo que en sus sueños vivió.

—Después de eso cuatro grandes barcos de madera estaban ancladas en el mar, junto a donde estábamos prisioneros, las veíamos desde nuestro encierro, y escuchábamos el mar con su oleaje golpeando los casos de los barcos, y hasta parecía que las olas hacían un sonido único al golpear cada una de ellas. Una noche los soldados nos subieron a los barcos, por la fuerza nos metieron a los cincuenta que quedábamos con vida, si es que eso era estar vivo, estábamos ahí todos apretados e incomodos, hasta los animales reciben más espacio del que nosotros teníamos en ese barco. En otras visiones recuerdo que sentíamos que el barco no avanzaba, recuerdo que a veces el viento azotaba con fuerza la nave, y desde el mar vi la bahía de Guaymas, tú gente le llama *hasoj Iyat*, en ese momento supe donde habíamos estado, era en la misión de San José de Guaymas o cerca, donde la gente de ustedes los *Xna Comcaac* han vivido siempre— decía el padre Gilg, mientras nos veía, en poco tiempo más de nosotros estábamos escuchando el relato del padre que yo intentaba contar también en nuestra lengua, era una historia interesante eran sueños muy fuertes y extraños.

—Pasamos mil sufrimientos, un devastador calor, una sed terrible, que apenas podíamos calmar con esa agua negra, sucia y maloliente, la comida se veía podrida en nuestras manos y así la comíamos, hasta creo recordar haber visto gusanos en nuestros alimentos. El olor era insoportable y algunos padres caían al piso por su mala salud, los demás intentábamos ayudarlos pero estábamos solo un poco mejor que esos que caían sin fuerza, y así mi sueño terminaba en medio del dolor en el silencio con todos esos padres prisioneros en el barco al borde de la muerte—dijo el padre al terminar el relato de sus terribles sueños.

El padre se veía bastante más tranquilo después de contar lo que en el mundo de los sueños había mirado. El anciano se dirigió a mí en mi lengua.

—El padre no ha tenido sueños, él ha vivido el destino de los suyos, se le ha mostrado la verdad, todo eso que miró lo sufriremos nosotros mismos, y ellos también algún día, él sabe desde siempre que los españoles no son su familia, que no son sus amigos, este hombre tiene irse, tiene que volver con su gente y vivir como el hombre y la mujer de su gente deben vivir. Su misión estaba fracasada desde antes de empezar, pero él debe escoger si quiere sufrir hasta el último día y o si quiere otra cosa para el tiempo que aún le queda, para nosotros no queda otra salida que pelear hasta el final para no terminar olvidados de la existencia, para el destino del padre novecientas lunas deberán irse, y para nosotros serán más de doscientos tiempos, pero cada día será una lucha eterna, como la de este hombre con nuestra tierra bajo sus pies— el viejo hombre se levantó y con la ayuda de los demás en silencio se fueron a sus campamentos cerca de nosotros.

El padre se quedó pensando, por unos momentos, pero solamente él sabía que había en su mente. Llevó su mano a su pecho y se hizo una cruz invisible con las manos, para después volver a su ramada.

OTRA MISIÓN

Un día vimos llegar a otros religiosos a caballo, los más jóvenes los vieron desde lejos y nos dijeron a los demás. Yo le dije al padre que se aproximaban dos caballos por el río, el padre Gilg salió de su ramada para ver.

—Son padres, vienen de Ures— dijo el padre con un tono de misterio, como si no estuviera esperando esa visita, al parecer ni él mismo sabía qué podrían estar buscando los otros religiosos al venir a este sitio.

Cuando llegaron los religiosos traían unas hojas de papel en las manos, el padre rápidamente se acercó a recibirlos, casi desde el momento en que desmontaron sus bestias el padre estaba al pie de sus caballos.

El padre los saludó y se inclinó para besar la mano de uno de ellos, el más viejo de los religiosos le dio un abrazo y con una sonrisa extendió la mano como invitándolo a caminar hacia su ramada y la iglesia, los tres hombres vestidos casi idéntico caminaron juntos hacia la ramada y la iglesia mientras nosotros los veíamos con gran curiosidad, estuvimos atentos a los alrededores por si venían soldados después de ellos.

Las mujeres comenzaron a llamar a sus niños y a pedirles que no se alejen del campamento ni de la vista de nosotros. Los niños sin preguntar por qué hicieron caso, un poco decepcionados por no poder alejarse para jugar, mientras se despedían de los otros niños para volver con sus familias.

La conversación entre los religiosos se dio en la pequeña mesa de madera de la ramada del padre, las tres únicas sillas rusticas que el padre había hecho de madera sirvieron para que todos ellos pudieran sentarse, el padre les sirvió del chocolate que preparó con el agua que tenía al fuego desde antes de la llegada de los otros religiosos.

El padre parecía estarles explicando algo, pero en la conversación tenían los dos la mirada en el religioso más viejo, de larga barba y de al menos el doble de edad que el padre Gilg. El padre apuntaba a los terrenos donde había intentado sembrar, a veces su mirada y sus manos se iban al corral de las ovejas, caballos y donde alguna vez tuvimos vacas, por momentos las miradas de los tres sujetos quedaban puestas sobre las hojas que el padre escribía, donde apuntaba palabras de nuestra lengua, mientras el señalaba algo en ellos con sus manos.

El más viejo de los religiosos se llevaba la mano a la barba, hablaba por breves momentos, al final de su conversación el padre parecía confundido, no sé qué sucedió pero en poco tiempo miré a los religiosos despedirse del Padre Gilg, quien de nuevo le besó la mano al más veterano de los hombres de mantas negras, y rápidamente los caballos le dieron la espalda al campamento mientras el padre los seguía por un momento con la mirada mientras ellos se iban con rumbo al Oeste siguiendo el río.

El padre regresó a su ramada y se sentó en la mesa, donde solamente un poco de tiempo antes estuvo con los otros dos hombres como él, se miraba preocupado y pensando. Yo me acerqué por dentro estaba pensando que podían ser malas noticias o información sobre algún ataque que los enemigos podían estar por hacer contra nosotros.

— ¿Hay algo malo? —pregunté directamente al padre en su lengua.

—No lo sé, me han ofrecido irme a otra misión— respondió de manera directa el padre también.

—Parece que mi trabajo aquí, con tu gente, en nuestro pueblo no tiene los resultados que los demás están teniendo en otras partes, como en el río de los naturales yaquis, los superiores saben que sin poder entender tu lengua no puedo servirles, tampoco ni salvar sus almas— dijo el padre con mucha sinceridad.

—Acéptalo— le dije al padre sin dudarlo, quien se quedó confundido al escuchar eso.

—Es tu mejor oportunidad para volver a estar cerca de otra gente como tú y de otros indios que si quieren ser cristianos— le dije al padre Gilg.

— Dejarás de sufrir, haz tenido mucho mal por dentro de ti últimamente— le dije mientras el parecía no decidirse.

—Lo pensaré, pero en verdad no quiero irme, creo que este es mi lugar, no puedo abandonar la misión sin luchar hasta el final— dijo el padre.

—Vienen tiempos más difíciles padre— le dije, pero no hablamos más, el padre Gilg se levantó de su silla y sirvió dos tazas de chocolate, las puso en la mesa, y fue a su cajón donde guarda su tabaco, me dio un poco, fumamos y bebimos chocolate, en silencio.

ADVERTIDO

El tiempo se había movido hacia adelante, la ira de mi gente estaba creciendo más y más a cada momento, yo mismo había jurado defender a mi gente y pelear esta guerra hasta el último de mis días, estaba claro no podemos seguir soportando lo que los invasores nos han hecho, no podemos permitirles quedarse con nuestras tierras y amenazar a nuestras familias con la muerte.

Solamente por uno de los de su raza puedo tener un detalle para salvarlo y había llegado el tiempo de hacerlo. El padre Gilg estaba en su ramada, escribía las cartas que siempre hace, la tinta el papel parece que han sido su familia entera además de nosotros todo este tiempo, pero por más que algunos de nosotros le tengan un poco de aprecio no debe seguir aquí, este no es su lugar y no tiene un futuro en este sitio. Me dirigí a su ramada para hablar con él.

—Pasa hijo, siéntate— me dijo cunado me vio en la puerta.

Tome una de las sillas y me senté frente a él.

—Tienes que irte— le dije directo y sin ninguna palabra más.

— ¿Por qué dices eso?— contestó el padre.

—Te van a matar si te quedas— le dije.

— ¿Quién? ¿Por qué?— preguntó el padre Gilg sin mostrar gran preocupación.

—Mi gente, ya está decidido iremos a la guerra contra todos los invasores y tú eres uno de ellos— le contesté.

—Pero yo he sido bueno con ustedes, estoy con ustedes, yo solo estoy aquí para ayudarles a saber de dios y salvar sus almas— dijo el padre intentando convencerme.

—Padre nuestras almas nunca necesitaron ser salvadas, nuestras vidas necesitan ser salvadas de los asesinos peligrosos que son todos los invasores, sabemos que los pueblos y los padres solamente dominan a los indios en pueblos para los españoles, se quieren quedar con todo el territorio, matando a nuestra gente. Si otros indios han decidido ponerse de rodillas ante ustedes, es su decisión pero los trataremos como enemigos nuestros también, los pimas ya lo eran desde antes de todas maneras— le dije al padre.

—Hijo este no es el camino son un imperio muy poderoso, he visto lo que pueden hacer, en este momento el mundo entero les pertenece y no es que me de alegría decirlo, pero lo único que les puede salvar es la Fe y la cristiandad— dijo el padre intentando convencerme de seguir el camino que él creía era el correcto.

—Padre en ese imperio al que tu perteneces y tu dios, si nosotros fuéramos más allá de nuestras tierras a todos tus pueblos, matando a toda tu gente, imponiéndoles nuestra lengua, nuestra espiritualidad, nuestra manera de vivir, matando a los hombres, arrancándole a los niños, cambiando sus nombres por otros en una lengua que ni siquiera hablan, ni entienden, arrebatándoles sus tierras, destruyendo su mundo entero, ¿Dejarían que lo hiciéramos sin pelear?— El padre guardó un silencio breve.

—Estamos del otro lado de la historia hijo y esa realidad no existe, hazlo por tu gente, salva a tu hijo, salva a tu gente, piensen por favor— dijo el padre en tono alterado.

—No padre, sálvate tú, vuelve a los tuyos, donde hablan tu lengua, donde hay indios que quieren ser cristianos y alguien como tú, donde no sufrirás por no poder hablar una lengua, por no poder convertir seris en cristianos, porque si no lo haces, yo mismo tendré que darte muerte muy pronto, cuando mi gente se levante posiblemente mañana mismo, ni yo mismo podré ponerme en medio para salvarte, esto es lo único que puedo hacer por ti— le dije al padre.

—Salvaremos a nuestra gente padre, lo hemos visto ya, el camino de las flechas es el único para nosotros si queremos seguir aquí, si queremos seguir existiendo— terminé de decirle, yo estaba por levantarme de la silla.

—Escribiré una última carta desde aquí, una muy especial, que se la debo a al padre que me preparó para estar aquí, él está en las tierras lejanas de donde vengo, se la debo después de todo este tiempo. Él hubiera querido saber de mi tiempo con ustedes, él está en donde yo aprendí el rumbo que quería para mi vida— dijo el padre sin sonar triste, al contrario parecía orgulloso de su última carta con nosotros.

—Padre Gilg en otro tiempo en otra vida, personas diferentes posiblemente puedan darse la mano y vivir sin hacerse daño, pero nuestro tiempo es otro, mi gente y mi familia tenemos que sobrevivir a cualquier costo—le dije mientras me iba de su ramada.

—Morir por nuestro oficio es la más gloriosa manera de haber servido a dios, pero aun que yo muera, ustedes mi congregación, tu gente, perecerían también, los perseguirían con más fuerza, el castigo sobre ustedes sería terrible, y no quisiera eso para ustedes que con el tiempo se han convertido mi familia—dijo el padre mientras apenas podía escuchar su voz.

Mientras me alejaba de su ramada, solo podía pensar que irse era lo mejor para él, Ahora los tiempos serán cada vez más difíciles, no puede quedarse entre nosotros sin exponer su propia vida, sin arriesgarse a que una flecha o muchas terminen puestas en su pecho, un cuchillo cortando su cuero de la cabeza y su pelo, su cuello rasgado por una cuchillo de piedra de mi gente, este era el único tiempo que tenía para irse.

IGNIS

Fuego

Y en poco tiempo así fue, mi gente se había organizado en tantos grupos que ni siquiera nosotros mismos sabíamos cuántos éramos los que andábamos por ahí en espera de combatir a los invasores, quemar sus pueblos o atacar sus animales cargados de comida y cosas.

De alguna manera estaban quedando atrás los días extraños en que estar cerca de un pueblo, de los padres o de los extranjeros era posible, ahora todo era fuego, cenizas, sangre y pelea.

En esta pelea por nuestras vidas y nuestras tierras escondimos en lo más profundo del desierto a nuestras familias, a nuestras madres e hijos, hermanas, y a los más ancianos, pero todo hombre de nuestra gente capaz aun de caminar y tirar con el arco no contenía sus ganas de venir a dar la pelea, fue un tiempo terrible pero al mismo tiempo lleno de esperanza.

Llegamos a sentir que podíamos lograrlo, que podíamos expulsarlos de esta tierra, hacerlos caminar derrotados por donde vinieron sin ganas de volver, o dejarlos sobre el suelo sin vida, aquí donde ellos querían acabar con nosotros y quedarse con nuestras tierras.

Yo personalmente llevé a mi familia hasta la isla, algo me decía dentro de mí que nuestra última oportunidad de seguir existiendo estaba ahí, con nuestra familia en *Tahejcö*, donde el agua y la comida nos dan más fuerzas para continuar viviendo.

Después de varias batallas en los caminos por las noches, he visto morir a varios de nosotros, he olido como nunca antes el pestilente humo de las armas de los enemigos con cada mortal ataque. Estoy cansado pero he tenido que volver al pueblo, al Pópulo, para terminar algo que he querido hacer desde hace tiempo. Pero tendrá que ser esta noche cuando mi gente ataque el Pópulo.

Esa de noche el viento soplaba helado desde la estrella que nunca se mueve, como siempre sopla en el tiempo frio, habíamos destruido todo lo que pudimos, el aire helado abrazaba el fuego que había quedado de las casas de palos, los pocos animales que había ahora estaban siendo cortados en trozos, para volverse solamente carne que nos llevaríamos en bultos amarrados con su propia piel, casi todo estaba listo para irnos antes de la salida de la luna.

Yo me dirigí a la casa del padre Gilg, la única que no destruimos por un mínimo aprecio que aún le tenemos, pero para mí aún quedaba algo más por hacer. Cuando entré por la puerta de madera que apenas son unos cuantos palos, sabía dónde buscar, en esa pequeña caja de madera que él llamaba cofre junto a su cama aun tendida. Lo abrí y comencé a revolver entre pedazos de ese material que llama papel, y encontré el bulto de hojas que apenas cabía en mi mano, donde anotaba cada vez que creía entender nuestra lengua, donde escribía con tinta y su pluma cada vez que preguntaba una y otra vez por una palabra, ese era el verdadero tesoro en esa caja, eso que tantas veces me pareció escuchar que llamó vocabulario. Cuando por fin lo tenía en las manos salí de ahí a prisa para irme con los demás, salí del lugar guardando apresuradamente el montón pesado de papeles con tinta en mi bolsa de cuero colgando en mi hombro, sin que los demás vieran lo que traía conmigo, los demás se llevaron cosas como carne o cuchillos, telas, pero yo sabía que lo más importante eran esas hojas del padre.

Al irme de ahí supe que posiblemente no lo volvería a ver en mi tiempo de vida. Que posiblemente yo moriría más adelante y él no tendrá manera de saberlo, pero este es el camino nuestro y ese donde el ande será el suyo.

Nos habíamos alejado tanto del Pópulo ardiendo a espaldas nuestras, que la luna estaba encima de nosotros, nadie nos había seguido, estábamos solos, a medio camino entre el mar y aquel pueblo del que nos habíamos ahora despedido de esta forma.

Mi familia ha dejado las tierras que desde tantos tiempos de pitayas fueron nuestras, no me quedaba más que ser aceptado y recibido en la isla junto con los demás.

Pero ahí en el lugar apartado que elegí para descansar hice un fuego como todo los demás. Nunca olvidaré el olor tan raro que las hojas hacen al quemarse, y como el calor y la delgada línea de luz roja se mueven con el viento sobre cada hoja, el fuego avanza por cada pedazo de papel convirtiéndolos en cenizas cayendo al suelo o levantándose al aire como brasas ardientes muy pequeñas, casi puedo oler la tinta quemarse, en esas extrañas cosas que el padre llamaba letras, el vocabulario, que tanto decía el padre Gilg, esa cosa que a mí me daba un enorme terror de imaginar que llegue a ser la inteligencia que les falta para saber nuestra lengua, para entendernos hablar y para entrar en nuestro mundo, donde ninguna duda tengo que nos destruirían desde adentro.

Metí la mano una vez más en la bolsa de piel amarrada en mi cintura, saque una hoja doblada que traía, era el dibujo de mi familia que el padre Gilg me había regalado tiempo atrás, y sin verla por última vez la tiré al fuego.

Cuando el ultimo pedazo de hoja ardió y se consumió, levante la cabeza al cielo, sabía que había hecho lo mejor para mi gente, sabía que estaba logrando algo que no contaría nunca, pero de alguna forma sabía que cuando el padre viera que esas hojas no están sabrá que fui yo quien lo hizo.

Ese día dormí en el suelo, las estrellas brillaban como lo hacen las noches de viento como si estuvieran vivas, moviéndose en ese círculo alrededor de la estrella que nunca se mueve. Al día siguiente el sol salió y yo comencé mi camino hacia la isla, con mi familia.

Consummatum est

AL OCIOSO LECTOR

Esta obra es una novela histórica. Algunos personajes son ficticios, pero la familia del protagonista está inspirada en los personajes dibujados por el padre Gilg en 1692.

Muchos de los nombres de sitios en nuestra lengua son verídicos y nuestro pueblo aun los usa para describir el territorio.

Algunos nombres en nuestra lengua se han perdido con el paso del tiempo y me tomé la licencia literaria para darles uno en lengua nuestra.

El mapa y el dibujo del padre Gilg de 1692 aún existen, se preservan hasta nuestros.

Sea esta novela histórica un humilde homenaje y agradecimientos en nombre de mi pueblo y nuestra memoria histórica, al investigador y académico Julio Cesar Montané Martí quien tradujo al español la carta del padre Adam Gilg de 1692 en la que se ha inspirado esta obra.

No soy fluido escritor en mi propia lengua,

en *cmiique iitom*, por tal razón algunas palabras en nuestra propia lengua pueden no estar escritas con absoluta precisión gramática.

FUENTES BIBLIOGRÁFICAS, RECURSOS E INSPIRACIÓN PARA LA CONSTRUCCIÓN NARRATIVA DE LA NOVELA HISTÓRICA

Julio Cesar Montané Martí: Una Carta del padre Adam Gilg S.J. sobre los seris, 1692.

Charles C. Di Peso, Daniel S. Matson and Adamo Gilg: The Seri Indians in 1692 as Described by Adamo Gilg, S. J.

P. Francisco Zambrano S.J. y P. José Gutiérrez Casillas S.J: Diccionario Bio-Biliografico de la Compañía de Jesus en México, tomo XVI, Siglo XVII, 1600-1699.

Julio Cesar Montané Martí: Diccionario de Jesuitas en Sonora.

Tumacácori National Park, Mission 2000, Searchable Spanish Mission Records: *Adán Gilg, personal information, Personal ID: 27528.*

Diccionario Biográfico de las Tierras Checas, BSČZ, en línea: *Diccionario Biográfico, Gilg Adam*, recurso en línea, Instituto de Historia, Academia de Ciencias de la República Checa.

Edward H. Spicer: Cycles of Conquest, The impact of Spain, México, and the United States on the Indians of the SouthWest 1533-1690.

William C. Sturtevant, General Editor, Alfonso Ortiz, Volume Editor: *Hand Book of North American Indians, Volume 10, South West.*

Karl Kohut, María Cristina Torales Pacheco (eds.): Desde los confines de los imperios ibéricos, los jesuitas de habla alemana en las misiones americanas.

Cronología en línea de autor desconocido: *ANTECEDENTES HISTORICOS, ETAPAS DE SOBREVIVENCIA DE LOS KUNKAAK DESPUES DEL SIGLO XVI,* respaldo en archive.org, del sitio http://www.oocities.org/gakunkaak/antecedentes_historicos.html.

Mary Beck Moser y Stephen A. Marlett, compiladores; basándose en la investigación pionera de Roberto Herrera Marcos y Edward W. Moser;

colaboradores María Victoria Encinas...[et al.]; il. Cathy Moser Marlett: *comcaac quih yaza quih hant ihiip hac: Cmiique iitom - Cocsar iitom - maricaana iitom= Diccionario seri - español- inglés: con índices español - seri, inglés - seri*

Stephen A. Martlett y Mary B. Moser: Presentación y Análisis preliminar de 600 topónimos seris.

Kašpar, Oldřich: Los jesuitas checos en la Nueva España (1678-1767).

WB Griffen: *Seventeenth* Century Seri.

Aproximación geográfica al área del Pópulo: cerca de San Miguel de Horcasitas, hasta 2018 aún existe un lugar con al que aún llaman -seris-, y en los mapas en línea de la plataforma MapCarta muestra el sitio y la localización, *Los seris está al oeste de Cerro Carbonera, al este de Cañada Lobo y al sureste de Agua Salada. Los seris, Localización: Sonora, norte de México, México, América del norte, Latitud: 29° 33' 5- (29.5514°) norte, Longitud: 110° 39' 22- (110.6561°) oeste, Altitud: 424 metros (1,391 pies).*

University of Arizona Institutional Repository, Collections, Documentary Relations of the SouthWest, Master index: *padre Adamo Gilg y padre rector Eusebio Francisco Kino. Censo de n.s. del Pópulo, December 10, 1690.*

La construcción narrativa a partir del mapa

original hecho por el padre Adam Gilg, está basada en la obra de Francisco Javier Alegre S.J.: *Historia de la Provincia de la Compañía de Jesus de Nueva España, Tomo IV, Libro 9-10 (Años 1676-1766),* Nueva Edición por Ernest J. Burrus S.J., Félix Zubillaga S.J., El mapa aparece en la página 201.

Existe en línea otro mapa de la época hecho por el padre Adam Gilg, el cual aparentemente fue subastado, propiedad de Dorothy Sloan-Rare Books Inc.: *Auction 20, Pimería Alta Missions Report With Manuscript Map-1693*.

La construcción narrativa elaborada a partir del dibujo de Adam Gilg, en la que aparece una familia de nuestra tribu del siglo XVII, la elaboré usando como base el dibujo que aparece junto al mapa en la obra de , Francisco Javier Alegre S.J.: *Historia de la Provincia de la Compañía de Jesus de Nueva España, Tomo IV, Libro 9-10 (Años 1676-1766),* Nueva Edición por Ernest J. Burrus S.J., Félix Zubillaga S.J., El dibujo aparece junto con el mapa, en la página n201, entre las páginas 145 y 146 de la primer sección de 663 páginas de la versión disponible en línea de -archive.org-.

Francisco R. Almada: Diccionario de historia, geografía y biografía sonorenses.

Archivo General de la Nación/ Instituciones Coloniales/ Indiferente Virreinal/ Cajas 5000-5999/ Caja 5406/, Título: Expediente 026 (Misiones Caja 5406), Fecha(s): 1721, Nivel de descripción: Unidad documental compuesta (Expediente), Volumen y soporte: 1 Fojas, Productores: padre Miguel Xavier de Almanza, Alcance y contenido: *Memoria de los géneros que pide el padre Miguel Xavier de Almanza, Misionero del partido de Nuestra Sra. del Pópulo. Nuestra Señora del Pópulo.*

David Piñera Ramírez: Visión histórica de la frontera norte de México, Volumen1.

Flavio Molina Molina: Estado de la Provincia de Sonora. 1730.

JESUIT ONLINE LIBRARY, A FREE, FULLY SEARCHABLE COLLECTION OF JESUIT STUDIES TITTLES, Woodstock Letters, Volume XLV, Number 1, 1 February 1916; *LETTERS OF FATHER ADAM GILG, S. J.;* A letter from Father Adam Gilg†, missionary of the Society of Jesus, of the province of Bohemia, to an unnamed priest of the same Society and province at Prague. Written October 8, 1687, at México. Incorporated is a Letter from Father Eusebius Chino of the province of Upper Germany, missionary in California and Sonora, dated May 13, 1687.

Recurso en linea:

https://jesuitonlinelibrary.bc.edu/?a=d&d=wlet19160201-01.2.10&e=-------en-20--1--txt-txIN-------

Alberto Francisco Pradeau: La expulsión de los jesuitas de las provincias de Sonora, Ostimuri y Sinaloa en 1767: disertación documentada y anotada.

ACERCA DEL AUTOR

Alberto Mellado Moreno

Nacido en 1985, es orgullosamente miembro de la nación comcaac, padre de dos hijos, Adrián Alberto y Sennel Amairany, vive con su familia, junto con su esposa Erika, en Socaaix, Punta Chueca, en Sonora, México, donde las montañas de la sierras comcaac se encuentran con el Golfo de California. De niño con su familia vivió en comunidades indígenas en el sur de México, su padre trabajó para el INI. Al volver asistió a la preparatoria y la universidad, convirtiéndose en ingeniero pesquero con especialidad en acuicultura, pescador y artesano. En 2006 bajo la asesoría y apoyo de Gary P. Nabhan, fundó el proyecto de acuacultura indígena comcaac, enfocada en acuacultura sustentable en pequeña escala y las técnicas ancestrales de colecta de moluscos para autoconsumo y repoblación de ostiones y callo de Hacha. Fue cofundador de la Organización indígena CONSERVACION Y

MANEJO CMIIQUE A.C. dedicada a la conservación biocultural del territorio.

Alberto ve en sí mismo una parte de la red global de jóvenes, que trabajan para cambiar nuestra relación con el planeta y nuestros océanos, para atender a esa antigua sabiduría e imaginación representada en las vidas y palabras de incontables ancianos, guerreros, artistas y sanadores, que son la más completa expresión de nuestra experiencia humana.

Pertenece a esa primera generación de Ecólogos tradicionales de su tribu, su trayectoria se ha enfocado en la conservación biocultural, monitoreo y manejo de recursos naturales, teniendo la oportunidad de colaborar y aprender de expertos, colaboradores de los comcaac en la región del Golfo de California, cómo Timothy Dykman, J. Nichols, Xavier Basurto, Jorge Torre, Miguel Ángel Cisneros, Ana Luisa Figueroa, Ben Wilder entre otros. Ha participado en intercambios culturales internacionales, como líder indígena en el Programa Océanos Nativos de Ocean Revolution. Visitando y compartiendo experiencias con los habitantes de las islas de Torres Strait, y otras naciones indígenas del norte de Australia.

Ocean Revolution le ha brindado valiosa asesoría y apoyo por largo tiempo, en muchas maneras, con el fin de respaldar su esfuerzo por la construcción de capacidades, y por impulsar la infraestructura humana y material en su tribu por una década.

De 2014 a 2017 participó bajo la dirección de Ana Luisa Figueroa Carranza, cómo Analista de Área Natural Protegida, para el Área de Protección de flora y Fauna Islas del Golfo de California en Sonora, de la Comisión Nacional de Áreas Naturales Protegidas, durante un corto ciclo de cuatro años, el cual se ha cerrado para dar paso a la publicación la trilogía de historia narrativa sobre su tribu de la cual es autor, Los comcaac una historia narrativa, misma que compartió de manera gratuita con sus comunidades comcaac en 2020.
Ahora nos trae esta novela histórica inspirada los comcaac y el tiempo del padre jesuita Adam Gilg a finales del siglo XVII en la Sonora, Virreinal.

Made in the USA
Columbia, SC
29 December 2020

30000355R00176